희망은 사랑을 한다
김복희 시집

문학동네시인선 144 김복희

희망은 사랑을 한다

시인의 말

나는 아주 투명하게 들여다보이고 싶다.

2020년 여름
김복희

차례

2부 우리는 밤에 싸우는지 밤과 싸우는지

3부 서성이며 일렁이며 만지는 마음

1부

기껏 인간을 너무 좋아하는 것이

귀신 하기

많이 좋아하면 귀신이 돼

복숭아 귀신 곶감 귀신 그런 것이 한집에 둘이면 곤란하다
그렇다고 같이 사는 게 귀신이 아니면 조금 어색하다

약봉지가 서랍 하나를 다 채울 정도로 많아지기에
자네, 이제 약 귀신이 되려나 인사했더니
좋아하는 것이 없어 약을 먹기 시작했네, 빙그레 웃었다
좋아는 하는데 귀신은 되지 않으려고 그러네,
몸이 힘들어 약을 먹어야 한다네, 모를 소리를 하고
그러고는 출근해버렸다

퇴근하면서 가끔
술이며 초콜릿을 가져다주기도 하니
소원이 있거나 겁이 많은 친구일 것이다
읽고 쓰는 것을 좋아하면서
귀신이 안 되려고 노력하는 모양이 안됐다
기껏
인간을 너무 좋아하는 것이 가엾다

지수

옆집 사람들이 새를 기르는 것 같다 이사온 날 못 보았으니까 나는 영원히 옆집 사는 새를 보지 못할 것이다 지수야 엄마 왔어 지수 맞니 나는 옆집 새가 이 밤에 잠잠히 삐―이 소리내는 걸 전해듣는다 지수야 다녀올게 창문 좀 열어 중국집 배달 그릇이 문밖 가득 반짝이고 나는 본 적도 없는 옆집의 새에게 소중함을 느끼고 새에게 허락된 중력을 생각하고 횃대를 흔들어볼 생각, 새장에 넣은 손가락 끝이 살짝 부리에 긁혀 나른하다는 생각…… 끝에 문을 열고 들어서며 지수야 너 지수지 지수야 부르면서 그게 딸의 이름인지 아들의 이름인지 새의 이름인지 알 것 같으면서 모르면서 자꾸 지수야 하고 불릴 때 지수가 새장에 덮인 천 가운데서 새답게 얕게 자다가 문득 옆집에서 기르는 나를 나만큼 생각하면 좋겠다 지수와 나 사이에 날이 밝도록 만나 옆집의 지수와 옆집의 나. 그 작은 방에서 어떻게 지수들끼리 삐―이 소리만 들리게 사랑하고 먹고 자는지 지수들을 놀라게 하지 않느라고 신발을 신고도 얼마나 기다리고 귀기울이고 망설이는지

나의 간절한 소원은 우연히 옆집 지수를 보는 것
그게 지수라는 것도 모르고 본 다음에
아주아주 나중에 지수였구나 지수 맞았구나 나는
지수구나 하는 것

머리가 셋 달린 개

더이상은 안 되겠어 이렇게 말하고 일어날까
목이 아프다 등도
모르는 사이에 머리가 두 개 더 자라나서 감당하기 어려워하는 것 같다
어쩐지 요즘 스킨 로션이 빨리 닳고 배가 부른데도 입이 계속 고팠다
새로 난 머리 두 개가 지금 키스라도 나누고 있나
가끔 사람들이 뚫어져라 내 머리를 본다
사실 나는 지옥에서 온 개인데
너희들이 지옥에 함부로 들어가지 못하게 지옥을 지켜주고 있는 건데
세번째 머리가 좀 심약해서 너희들과 눈을 못 마주치고 있는 것뿐인데
머리 중 하나는 몰래 매일 지옥문을 열어본다
꼭 닫힌 문을 보면 꼭 가서 살짝 종이를 끼워둔다
비가 내리는 세계
그 구름 위 구름 아래 발밑
비가 내리지 않는다는 사실을 믿을 수가 없다
영원히 비가 오지 않는 곳이 있다
크게 짖어도 돌아오는 소리가 없고
열지 못하는 문이 있을 것이다
내가 지키는 문 내가 주인은 아닌 문
몸

지옥의 내부
지옥이 무너지고 난 후
지옥에 깃들었던 문틈을 본다
누군가 꿈같이 종이를 밀어내어
문밖으로 종이를 조금, 밀어내놓은 것이다
개 주인이 보고
가장 먼저 본 머리가 먹어, 그런다
그걸 시라고 피부라고 부르기도 한다

신의 술

면포에 단정히 싸인 도시락을 꺼냈다 이것을 먹으면 충분히 배가 부르리
도시락은 묵직했고
묵직했는데 조금 울리는 느낌
출렁
하는 이상한 느낌
심장이 내려앉는 느낌
자다가 문득 바닥이 꺼지는 느낌
가슴을 풀고
반듯한 은색 도시락 뚜껑을 열었다
숨이
차

도시락을 기울여 조금씩 마셨다
누군가 나눠달라고 말할 때까지
내려놓을 수 없었다

사랑하는 신

사랑이란 죽은 이도 다시 죽일 수 있는 것*
스승을 배신한 제자는 길이길이 남는다
구원을 바라는 벌을 받게 된다고
변절자의 명성을 배운다
그늘에 앉아 먼 불을 본다
본다고 상상하면서 등지고 생각한다
상영회에 가서 더러운 소파에 누워보는 것이다
태양은 매일이 없게 매일 타오르는 불
시간을 모를 것 같다
저렇게 먼데도 그늘 밖으로 손을 내밀면 이렇게 뜨겁다
영원을 사는 종족은 시간을 생각하지 않을 것이다
영원도 모를 것이다
신은 아는 것이 없을 것이다

* 에밀리 디킨슨의 「Love can do all but raise the dead」로부터.

sober companion
—숨은 낭독자

누군가 내 시집을 들고 사람들에게 말을 건다고 했다
자신의 이름이 나이며, 자신의 시집이 나왔고
자신은 매우 기쁘고 행복하다고 말한다고.
그 사람은 예의바르고, 친근하게 웃고, 차림새도 적당히 단정해서
불쾌한 사람 같지 않았다고.
무엇보다 종교도 없고 길에 쓰레기도 버리지 않고 목소리도 크지 않았다
만나본 적 없지만 그 사람이 좋아졌다
사람일 거라고 생각한다.
내가 가지 않을 곳만 골라 가서 나를 보여주는 놀라운 사람, 내가 사랑할 만한 사람에게 다가가 사랑을 나누는 사람,
수줍음에 지쳐서 손으로 입을 가리고 웃는다
턱을 자주 괴는 습관이 있지만 또박또박 말하고
삽화를 이야기하고 삶을 이야기하진 않고, 또……
사과를 잘 깎는다 그 사람……
칼을 들고 사람들을 등지고 서 있으면
사람들이 무섭지 않을까
칼이 무섭지 않을까
자기 자신이 무섭지 않을까 무서워 견딜 수가 없어서
껍질을 만들고 만들던 건 누구의 기억이지,
손이라고 생각했지만 손이라고밖에 말 못할 다른 것일 수도 있지

그 사람이 손수 들고 다닌다는 내 시집이 궁금하다
나의 문제는 모든 것을 알고자 하면서 알 수 없다고 자신하는 것.
그 사람에게도 문제가 있을까 문제가 없는 것이 문제일까

내가 최근에 찍은 사진은 그 사람의 그림자가 내 곁으로 다가오는
것으로 나는 한쪽 눈을 약간 찡그리고 다른 생각에 빠져들 태세로,
나는 아주 나쁜 생각을 할 거야 생각만 할 거야
누구도 해치지 않을 자신이 있는 나쁜 생각만 할 거야
구체적으로 어떤 생각인지는 절대로 말 안 할 거야
신도 상상할 수 없어서, 벌을 받을 수도 없는 나쁜……

상상을 생각이라고 써버리고 말이야. 다짐도 생각이라고 하고 말이야. 나는 실수와 습관. 그런 것으로 만들어졌다, 이 말이야. 그 사람은 모를 거야. 이런
암시는 누가 거는 거지, 그런데
내 친구가 그 사람에게 술을 사면
가도 가지 않고 내가 그 사람을 대신하게 된다
혼자 주문을 해보겠다고 등을 돌리고
무엇을…… 외워 말하는데
내 사랑하고 가난한 친구가 그 사람을 알아차린다

왼손이 하는 오른손의 일

그는 벌레를 무서워한다 나는 그를 무서워한다
그는 잠드는 것을 무서워한다 나는 그를 무서워한다
그는 술 없이 잠드는 것을 무서워한다 나는 그를 무서워한다
그는 유리 엘리베이터를 무서워한다 나는 그를 무서워한다
그는 전염병을 무서워하지 않는다 나는 그를 무서워한다
그는 침묵을 무서워한다 나는 침묵한다
무서워하는 것을 좋아한다
내가 무서워하는 대상이 나를 무서워하는 일은
내가 좋아하는 대상이 나를 좋아하는 일과
같다고 말하면 같아질까
안심이 될까
그는 고양이를 무서워한다 나는 그를 무서워한다
그는 죽어보는 일을 무서워한다 나는
다양한 방법을 알아보고 있다
나를 무섭게 해준다

엽서를 봉투에 담는 사람의 마음

여름에는 바다를 빌려와서 맡아둔 것처럼 불안했다

모르는 사람들이 방문하고
학교를 오갈 때마다 바닥이 흔들려 배를 타고 있는 것 같았다

우체부를 무서워하는 내 친구는 엽서를 봉투에 담아 부쳤다
여름을 피하려고 가을에 태어났다
얼마나 여름이었을까 어느 만큼이나 여름이었을까
짧아도 밤은 밤이라
말하지 못한 것들은 전부 신경이 된다
조심스럽게 봉투를 만져본다 나뭇잎이 들어 있다

취한 배

끝없이 돌아다니는 작은 배
여기저기 금이 갔으나 부서지지 못할 만큼 지나치게 튼튼합니다
이음새가 다 벌어져가도 가라앉지 않고
계속 떠다닙니다
해적선보다 위용이 없고 이름은 지워졌고
산 사람은 그 배를 타지 않습니다
누굴까요
그 배를 타고
그 배를 죽이지 않으려고
그 배를 끌고 다니고
그 배를 잊지 않는 사람은
한 사람이 아닐지도 모릅니다
죽은 사람은 죽지 않는 작은 배의 증거입니다
작은 배는 작은 새의 심장처럼 바쁘고요
작은 배는 움직이는 작은 섬으로 진화할지도 모르고요
그 배가 바다의 밑바닥
바다의 끝을 알기 위해서는 완전히 박살나야 하고요
흩어지기만 하고 가라앉지 않을 가능성이 더 큽니다
알면서도 작은 배는 집채만한 파도를 만나면 희망을 가집니다
그 배를 보는 사람에게 바다 위의 작은 배 한 척은 더이상 배가 아니겠지요

뭐라고 하겠습니까 뭐겠습니까
지구가 하나의 마을이라면
지구가 하나의 마을이라도
지구가 둥글어 물은 물 하나로 정말로
작은 배가 떠 있다는 사실, 변하지 않습니다
작은 배가 흔들려 그것을 취한 배로 여기고
배를 추적하는 사람이 생각하는 게 하나로 난 긴 길이 아니라
수 갈래 가지를 뻗어내는 나무 한 줄기의 끝이라고 해도

세라핀의 꽃, 꽃의 세라핀

꽃을 놓았다 오아시스를 놓았다 화원을 놓았다 붐비는 지하철에서 꽃을 머리 위로 높이고 내려요 저 내려요 외쳤다 천국이 머리보다 반 뼘 높이 천사의 머리 위 반원처럼 나타나고 델피늄 아스틸베 니겔라가 십자가 근처 까마귀처럼 머무른다

우리는
매일같이 빙빙 돌면서
꽃이 시들기만 기다려,
꽃을 보고 또 좋아한다

꽃의 이름은 책에 적히지 않는 천사 같고 공룡 같고 주문 같다
아마릴리스 스카비오사 헬레보루스
꽃의 거친 마음이 땅에서부터
하늘까지 지옥까지 눈길을 끌어올린다
내려와
달라고 내게 간청한다

지상에 향기 없는 꽃은 없지, 종이 냄새와 테레빈 냄새와
흙냄새 피냄새가 나

꺾여서도 자라거나 벌레를 부르거나

그림으로 남는다 활활 타올라 인간처럼 죽을 수 있다

화병에 놓인 꽃을 사랑하면 안 되는 걸까
신보다 신의 사자를 사랑해선 안 되는 걸까 그림 속의 꽃을 내가 그린 꽃을
독을

인조 노동자

너는 가족과 나와 함께 이 크고 낡은 집에 이사왔다 방이 너무 커서 우리가 모두 모서리를 차지하고 자도 닿지 않을 턱없는 집

나는 너를 가족에게 인사 시킨 적도 지나가는 말로 꺼낸 적도 없다

있나

퇴소식에 들러 인사를 잠깐 했던 적

있나 없나

하지만 우리는 같이 식사를 한 적도 없고

서로 죽은 날에 문상을 간 적도 없다

우리는 묵묵히 엎드려 걸레질을 했나

나만 안 했나

걸레질을 마치고 초코파이를 목이 메게 먹었다

세입자가 두고 간 앨범을 어떻게 처리할까 함께 고민했다

세상에 없는 너와

내 꿈에 있는 너와

내 꿈꾸는 드넓은 집에서

너의 역할을 계속 만들었다

방문객

축하객

내객

계속 앉아 있어선 안 되는 것

객식구

이전에 살던 구(區)의 쓰레기봉투를 전부 초코파이로 환불받았다
초코파이를 남기면 개미와 쥐가 끓을 거다
식구가 늘면 좋아할 일인가
밖에 내놓으려면 어떻게 해야 하는가

희망의 집에는 샤워볼이 있다

희망의 집에선 물건이 여기저기 놓인다
놓인 자리가 제자리다
머리빗이 냉장고 위에 있고
먹다 남은 옥수수가 침대 위에 있다
선글라스는 어디에 있는지 아무리 찾아도 보이지 않는다

희망은 사랑을 한다
희망은 아주 약한 사람처럼
더 많이 사랑을 하고
사랑을 보여달라고 하면 네가 놓고 간 물건을 보여준다
나는 희망의 집에서 몸을 씻는다
누군가 희망의 집에 놓고 간 회색 샤워볼
땀에 젖은 운동 셔츠처럼
처박혀 있던 것
아무는 듯 물에 적시자 어두워졌다
바보가 되는 걸 두려워하면 바보가 된다
그러면 말이다 희망아,
희망이 되는 걸 두려워하면 희망이 될까
나는 겁이 없어
세상에서 제일 강한 사람
그 누구도 나보다 강할 수는 없다

나는 희망의 집에 갔다

그 집에 아무도 없기 때문에 갔다

희망은 물로만 저를 닦는데
희망의 집에 온 이들은 샤워볼을 쓴다
너의 이름은 희망
희망이 하는 일을 잘 모르지만
나는 희망을 친구라고 소개한다
사람들이 받아들이기 좋도록
씹어서 뱉어놓은 죽처럼
새들이 날아와 치우도록
하늘을 날아다니는 곡식이 되게

종모법

저건 더러운 음식이야, 더러운 거야, 라고 생각하고 나서도 먹는 것을 멈출 수 없었다
먹지 않으면, 먹지 않는 일 말고는 다른 건 아무것도 할 수 없었다

그릇 긁히는 소리가 나지 않게 조심하면서
사람들이 숨어 지내는 지하보다 더 깊은 지하도를 파야 했다

어느 사이엔가 나는 또
어린 동생도
어린 동생을 낳은 어머니도 잃어버리고
벽에 귀를 대고 발소리, 말소리를 들으면서 계속 가야 했다
옛 주인에게 종모법이란 게 있다고 들었다
누가 내게 주어
고맙다 인사도 없이 받아먹은 음식의 기억 같다
먹고 보니
모르는 친척이 어디엔가 살고 있다는 기억이 난다
내 기억에
어머니의 어머니가 등을 돌리고 주무신다
동물은 절대로 깊이 잠들지 않는다
사람만이 무섭도록 잠에 취한다
게걸스럽다

완두콩 공주

'알 수 없어'는 한국어로 '칠흑 같다' '암흑 같다' '깜깜하다'로 바꿔 말할 수 있다

호수와 밤이 뒤섞여 한 발 더 내딛고
빠져들 것 같아 죽을 뻔했다! 죽었어! 죽을 것 같아! 손님들이 야단을 떨며 웃는다
CCTV로 그들이 기슭으로 올라온 것을 확인했다

'도와줘'는 겹겹이 포개놓은 담요 맨 아래에 놓여 있는, 자고 일어나서 확인했는데 절대로 부서지지 않는 완두콩 같은 걸 말한다

나는 공주처럼 일한다
너무 크게 말고 적당히 미소만 짓도록 해 그게 우아해.
회색 눈의 노르웨이인 노인이 알려준 접객 방식이 마음에 든다

'알겠어'는 담요를 전부 정리한 후 완두콩을 입안에서 살살 굴리다가 흙밭에 톡 뱉어놓고 썩었습니다, 싹이 안 나요. 라고 보고하는 걸 말한다

점은 무슨 색일까
나는 친구에게 손등에 개미색 점을 가진 리큐어 숍 캐셔

— 를 그려넣은 엽서를 부쳤다

선생은 검정은 색이 아니라고 시험에도 냈다
「블랙과 화이트는 색이 아니며, 그림자는 검정이 아니니 명심해라. 검정은 없는 색이다.」 흰 양말도 흰색이 아니며 검정 양말도 검정색이 아니었다 윤기가 반들반들 흐르던 검정 구두는 동양인 머리에 서양인들이 채워놓는 보라색 브릿지처럼 다른 색을 더할 필요가 있었다
개미색 구두 위로 개미가 기어오르는 그림을 내려고 우리는 덧칠을 배워 그늘을 만든다

암흑 물질은 실은 총천연색이고 침수된 축사의 색 역시 검정은 아니다
「나는 로스코를 보면서 눈물이 안 났어. 어떻게 하면 울 수 있을까, 벽만한 캔버스 앞에서
화가의 움직이는 등만 상상했어. 등이랑 팔이 아플 것 같았어.」
친구가 한국에서 로스코 그림이 인쇄된 엽서를 보내왔다

나는 아픈 데도 없고 몰라도 되는 것이 많고 말을 많이 하지 않아도 된다
검정색은 그다지도 왜곡되어 고통받고 있는 걸까
그건 검정색이 선택한 문제니까 검정색이 책임져야 할 것
—

이고 그 누구도 검정색을 보호하거나 위로할 의무는 없다
하지만 누구든 보호하거나 위로하고 싶거든 해버린다
문 열고 밥 먹어라 들이닥치는 부모같이
밥 놓고 국 놓고 앉아라 먹자 먹고 자라 외국에는 미역 같은 거 없지, 아빠는 빵은 소화가 안 돼 싫더라. 검은 빵은 좋다던데 그래 된장도 오래 삭힌 건 까매지더라. 새로 태어난 강아지 중에 하나가 검은 놈이다. 네 마리였는데 하얀 건 다 남들이 달래서 줬다.

긴 여행에는 검은 옷이 편하다
빛에 물들지 않는 것들은 눈에 보이지 않는다
빛이 없는 곳에서 본 것
천천히 보이기 시작하자 나는 내 몸에서 빛이 나는 줄 알았다
내가 전시된 줄 알았다

검은 그림에서 검정색을 볼 수 있을까 다른 것이 있다고 상상하지 말고
죽겠다는데 밥을 떠먹이는 싫지만 밀어낼 수 없는 손
집을 찾으려는 개미에 대한 상상 말고 가고 싶은 곳이 있는 개미를
친구에게 보내기로 한다 공주처럼 쓸어버려도 괜찮다

더 둥글고 더 예뻤다
—J에게

네가 죽었다는 소식을 들었다
그래도 나란히 걸었다
숲에 간다
숲에 와서 앞서거니 뒤서거니
기대기도 했다
너무 멀어서, 멀어서, 참 많이 멀어서 납골당에 가지 않았다
숲이 끝나지 않으면
숲에서 네가 또 죽겠구나.
나는 생각보다 피도 눈물도 없는 것으로서
너에게 내 시를 못 보여줬구나.
그런 소리를 조그맣게 떠올렸다
기왕 떠오른 것이니까 뭉쳐서 동그랗게 만들었다
숲의 나무들을 피해 잘 굴러다닐
티없이 둥글고 작은 공
굴렸더니
네가 공을 도로 내게 굴려주었다

여행하는 눈

한 송이 눈은 착각에 가깝다
그것은 빠르게 녹아서 사라진다
다른 눈 한 송이가 뒤따르지 않는다면
쉽게 잊힌다
그러나 나는
홀로
여행하는 눈을 봤다
돌 하나가 산비탈에서 미끄러져 굴러떨어지고
계속
굴러떨어지고
잠들었다 깨어나도 떨어진다
눈이 뒤따르는 것을
아는지 모르는지
닳아져서
굴러가던 자리가 허물어져도
아랑곳하지 않고 경사면을 따라
완전히 닳기까지
굴러서
떨어져
멀리 가서
가나

그러나

눈은 돌에 닿지 않는다
떨어지는 돌을 따라
간다

손에 받아서 쥘까
쉬게 해줄까
먹어버릴까

몸속으로 눈이 스며든다
한 송이
멈추지 않고 나를 들어
바닥 밑으로 떠나간다
돌을 찾아낼 것 같다
돌을 먹었어야 했다

2부

우리는 밤에 싸우는지 밤과 싸우는지

천 원이기

천 원을 가졌다 천 원이 필요했기에 천 원을 가졌다 천 원으로 배를 채울 것도 영혼을 고양시킬 것도 아니다 지성을 갈고닦을 생각도 없다 다만 지금 천 원이라는 실감 누구나 하는 약속 같은 것이 있다 나는 천 원을 가진 사람 그리고 사람들이 그것을 이해한다, 받아들인다 우리는 밤에 싸우는지 밤과 싸우는지 천 원을 가지는지 천 원으로 할 수 없는 그 모든 것을 가지는지 생각한다 생각해야 한다 우리는 생각을 해야 한다 사랑하든지

천 원을 가지든지

천 원을 써버리든지

천 원을 백 원 오백 원 십 원 오십 원 일 원으로 바꾸어 주머니를 무겁게 해도 가라앉지는 않는다 시끄러운 사람이 될 뿐이다 움직일 때마다 음악을 가진 사람을 대가라고 한다 움직일 때 전혀 소리가 나지 않기 때문이란다 방울을 매달고 구름다리를 건널 때 대가의 제자들은 아무것도 듣지 못했다 음악이 없어도 음악을 하는 사람을 대가라고 한다 천 원은 여러 손을 거쳐 내게로 왔다 버스도 지하철도 탈 수 없다 천 원을 가졌다는 기쁨 외에 아무것도 주지 않고 취하게도 하지 않는다 맨정신으로 천 원 다음의 생활을 꿈꾸게 하지 않는 멋짐이 있다 누군가에게 빼앗길 수 있고 비웃음을 살 수도 있다 노래를 부르면서 손바닥 위에 올려놓을 수도 있다 내 노래에 내가 천 원을 내고

천 원의 무게를 즐긴다 꽃은 여름 낮에 핀다 그런 기쁨

에 걸린다

국화와 가을

여기서는 국화를 가을에만 판다 스웨터를 입고 시들어가는 잔디 위에 앉아 손가락에 묻은 빵 부스러기를 빨아먹는 계절에 한아름 국화, 한 송이 국화

식물을 본받고 싶다 어떤 시체에서든 먹을 것을 찾아내는 근면 성실함

비가 내리는 시절에는 비가 내리는 새로운 나라가 세워진다 나라는 하늘에서 곧장 떨어지는 빗줄기처럼 세워지는 것

그리고 모이는 빗방울처럼 멸망하는 것

태어나거나 죽거나 하지 않는다

소나기가 내릴 때는 소나기의 시민이 가랑비가 내릴 때는 가랑비의 시민이 폭우가 내릴 때는 폭우의 시민이 경계를 조금씩 넓히다가 주춤하다가 건물이 황량해질 때처럼 사람이 사라지다가 다시 길 위에 사람과 동물이 함께 다니고 움직이듯이 가끔은 빠르게 만들어진다 웅덩이를 밟지 않으려고 바닥을 보며 걷는다 국화를 안고 가는 아름다운 얼굴들을 보았다 얇은 종이를 접어 만든 얼굴 손바닥이 다 비쳐 보일 정도로 투명한 종이를 오려 만든 얼굴

봄에 하는 추모를 위해서 여기서는 아름다운 꽃을 산다 그냥 아름답고 빨리 시들 꽃을 산다

여름을 보호하기

여름
난방비가 덜 든다
귀신의 활동 시간이 짧다
그들의 단축근무를 응원한다 약한 것은 보호해야지

휴게소에서 입을 씻고 쌀 튀밥 한 봉지를 샀다
그날 여름은
쌀 튀밥 모양이었다 퍼올려도 퍼올려도 부족해서
봉지에 머리를 박고, 흘린 것도 다 주워먹어야 했다

곡식 포대가 쏟아져 있었던 게 틀림없다
차도에 비둘기가 너무 많이 죽어 있었다
새벽 차창에 자꾸 흰 것이 묻기에 비가 오나 그랬는데
빗소리 없이도 비가 오나 그랬는데 전부 날벌레였다

죽은 것 좀 그만 봐 약한 것은 보호해야지
머리가 빡빡 깎였던 친구를 가끔 생각했다
여름에도 교복 치마 아래 무릎이 빨갰다

약한 세상에는 있을 수 없는 것들이 많다
세상은 아름다워야지 그래
뭔가 계속 없는 여름도 좋아하기로 했다

관광버스 멈추기

한국에서 집주인으로부터 여러 번 전화가 걸려왔다 개수대에서 맥주잔을 씻거나 바닥에 앉아 양파를 까는 중이었나 핸드폰은 로커에 있었고 퇴근쯤 한국도 깊은 밤이거나 이른 새벽이었을 것이다 학생 동파되지 않게 물 좀 틀어놔요 라고 문자가 와 있었다 등단 전에 나는 빈집에 들어가 물을 틀어놓고 나왔다

빛이 오는 거리에 밤은 어둡다
빛이 오는 거리가 평생에 걸치기에 장부 역시 어둡다

도쿄는 맑네,로 시작하는 시를 번역하다가 fresh를 날것으로 할지 생것으로 할지 마르지 않은 것으로 할지 고민에 빠졌다 평생에 걸쳐 외국인으로 알고 모른 채 살면서 다른 말을 한다

물기 어린 사쿠라 이파리가 만든 그늘 아래로 걸어간다
물빛 어린 사쿠라 그늘
가느다란 나뭇가지가 빽빽하고 사이사이 연한 녹색 잎이 많은
꼭 이파리라고 써야 할 것 같은
알 수 없는 기물이 많다
달빛으로 빚은 만쥬라든가
조용히 흘러가는 개천

개천의 물
물속의 잉어
벤치 근처에 놓인 지장보살들

맞닿은 몸

섬에라도 갈까. 네가 양말을 신으며 말한다. 섬에 가려면 챙길 것이 많다. 일단 양말이 필요하다. 양말이 한⋯⋯ 백 켤레 정도 필요하다. 나는 양말을 신자고 태어나서 양말이 없으면 어디에서도 잘 수 없고 한순간도 너를 사랑할 수 없다. 너는 나를 사랑하자고 태어나서 내가 없으면 어떻게도 잘 수 없고 어떤 식으로든 나를 잊으려고 애를 써야 한다. 우리 흰 양말을⋯⋯ 백 켤레 사자. 목의 길이가 미묘하게 다른 흰 양말을 사자. 나는 짧은 거 너는 긴 거 신자. 매번 대보자. 흰 양말을 신고 섬에 가면 좋을 것 같지. 그렇지. 그 섬에는 뭐가 있지. 일단 흰 양말이⋯⋯ 백 켤레나 든 가방을 든 우리가 있지. 너는 웃는다. 꼭 뭐 하자면 너는 돈부터 쓰자고 하지. 하면서 하하 웃는다. 나도 하하 웃고, 네가 양말을 다 신고 일어서 신발 신는 것을 본다. 돈 많이 벌어오세요, 나는 허리를 깊숙이 숙여 인사한다. 섬에 가면 얼마나 있을 수 있을까. 백 켤레 양말이라면, 섬으로 가는 배 위에서 한 켤레 정도는 잃어버리면 재미있겠다 싶은데, 한 짝이라도 더 생기면 정말 웃음이 나올 것 같은데, 내가 웃고 있으면 너는 나를 사랑한다. 나는 아는데, 알면서도 가방 속에 잘 누워 있다가 누군가 사람을 가방에 넣으면 안 되죠! 라고 말해서 큰 잘못을 저지른 사람이 된 것 같았다. 너는 사람이라뇨, 이건 양말 백 켤레예요. 하하. 라고 아무렇지 않게 굴었는데 나는 너무 무서워서 바다 위에서 가방 밖으로 손을 내밀었다. 하하. 보세요, 흰 양말 한 켤레잖아요. 라고.

내 친구의 손가락

사람 눈을 못 보겠어, 그런 말을 하기에

눈썹을 보거나 귓불을 보거나 뺨 언저리를 보면 돼, 말해주었더니

내 친구는 사람의 눈을 보고 싶다고 말했다.

내 친구는 자주 자신의 손가락을 본다.

그리고 사람들의 손가락을 본다.

나는 일부러 친구의 손가락을 보지 않는데

친구의 뭘 보고 있는지 헷갈린다.

내 친구의 손가락은 여섯 개.

처음 안드로이드 생산 법령은 손톱과 지문 제작을 금지하는 것이었다.

그러나 장갑을 끼는 안드로이드가 늘어나, 손가락을 여섯 개로 만드는 법령이 수정 제출되었다.

그리고 지금은 무엇이든 눈에 보이는 신체 기관 하나를 더 추가하면 된다는 식으로 법령이 재차 수정되었다.

그러나 눈이나 입술, 손, 발을 추가하는 것은 비용이 많이 들기 때문에 대부분 손가락을 추가하는 방안을 선택했다.(신발을 신으면 발이 가려지기 때문에 발가락을 추가하는 것은 위법으로 간주되었다.)

친구는 그렇게 말하고 웃었다. 수술을 하고 싶지 않다고 했다.

좋은 말 좋은 꿈

둘이라도 무섭게 보름에서 딱 하루 모자란 달이 환하고 빛 들이치는 밤
네가 꿀 수 없는 꿈이 내 세계를 넓힌다 연인이 갈라지듯 길이 확
넓어지는 거지, 꿈은 코앞에서 길을 잃고 나를 잃고 그것을
감춘다
금방 퇴원하겠다,

좋은 말이 가난하다

한낮의 빛과 새벽빛, 한밤의 어둠과 새벽 어둠, 보름의 달빛과 보름 딱 하루 전 달빛
한 사람처럼 걷다가 헤매고 눈앞의 버스를 보내고 다음 버스를 보내고 보낸다
나 이제 안 와,

좋은 말이 좋다 가차없다

바람이 확 불어 머리 위로 은행이 떨어진다
좋은 말을 경쟁하며 머리를 두 손으로 가리고 웃기 시작했다
버스 안으로 냄새가 따라오는 것을 막을 수 없었다

너는 나를 슬프게 하는 한 기쁨
꿈에서 사람이 죽으면 죽은 채로 함께 다니면 그 만들던 냄새는 어디로 가나

그래, 좋아지면 밖에서 보자
왜 꿈처럼 좋은 말을 듣나

보면

우리가 섬기는 기쁨이 우리를 기뻐할까

날지 않기로 결정한 새에게 우리는 가혹하게 군다

회복기의 환자에게 요구한다
일어나 걷고 감사 인사를 드리고 태양에 기뻐하라고
어서 눈 뜨고 저 달빛도 보라고
보면
어둠은 본 사람을 제단으로 삼는다
제물 된 것이 몸 위에 얹혀 있다
난도질하기
태우기
연기를 크게 피우기
……
몸 위에서 어둠은 자유롭다
우리가 잠든 사이 몸 위에서 많은 일이 벌어진다
가끔 잠들지 않은 사람에게도 그렇게 한다

우리들 마음에 빛이 있다면

우리들 마음에 빛이 있다면
그것은 대를 이어 밭 가는 자의 자식의 자식이 주머니에서 눌러 죽인 여치 같은 것
죽으라고 내놓은 화분에 몰래 주는 물 같은 것

개천이 끊긴다. 끊어진 잠이라면 묻힌 채로 썩지 않는다

노인이 되지 않고 죽으면 어떡하지,
대를 이어 죽어서도 늙어간다고 생각하면 편해진다
죽은 사람에게도 집이 있어서
집집이 창문마다 얼굴이 있다고 생각하던 날도 있었다

더이상 사람이 살지 않는 곳도 집이라고 부른다
집에서 놀다가 별이 들면
병에 걸리면 병에 걸린 게 혼자가 아니라 좋았다

도나우강_증기선_회사_선장의_미망인

한 단어로 만들어진 기분들
이를테면
카프카적인

고양이를 무릎에 눕히듯
조용히 앉아 가자고 다짐했다 그런데 고양이가 좀처럼 무릎 위에 앉아주질 않았다
허벅지를 살찌워두어도 소용없었다
이런 상태를 한 단어로 만들자 언어경제학 교수에게 이메일을 보냈다

잎사귀들아 희망들아
이슬에 얹혔다가 손등을 할퀴고 가는
가지들아,
이렇게 시작하려던 가곡은 슈베르트가 떠올라 그만두었다
이런 실패를 한 단어로 만들어 책 제목으로 정하자 사전 편찬위원회에 의견을 넣었다

맑겠지 꿈속의 밤 같겠지 비스듬히 비춰본 거울 같겠지
처음으로 울면서 깨어났다
거울에 빈 벽이 비치는 꿈이었다

눈주름이 꼭 닮고 체구가 작은 두 중년 남자가 나란히 서서

제수용으로 올릴 것 같은 크고 예쁜 사과를 앞니로 베어 먹고 있었다
깨물어도 깨물어도 없어지지 않는 사과였다
귤 먹는 것과도 다르고 포도를 먹는 것과도 달랐다
잇자국이 갈색으로 변하면 그 위를 다시 앞니로 갉아먹었다
좋은 행사 때 함께 맞춘 양복처럼 무늬가 비슷하고 어깨가 컸다
고양이를 발치에 눕힌 듯 내릴 역이 없는 사람들 같았다
모델을 훔치는 화가처럼 봤다 보는 것을 멈출 수가 없었다
한마디로

이런 걸 한 단어로 만들고 말 것이다

새 소식

두 손에 알을 들고 변기 앞에 서 있다 손을 오므려보았다

이 알은 먹을 수 없을 것 같다. 오목하게 두 손을 바쳐도 아무리 기다려도 부화하지 않는다. 잘못됐다. 새 인간 커뮤니티 어디에도 새 인간이 알을 낳는다는 이야기는 없다. 새 인간은 새 인간을 낳을 것인데 알을 낳았다고 글을 올리니 온통 내가 사기를 당했다는 반응뿐이다. 새 인간이 새 인간이 아니라는 지적부터, 새 인간이 가짜 알을 가져다놓고 나를 골탕 먹이고 있다는 이야기, 미식가를 자처하는 어떤 이는 자신에게 그 알을 팔아달라고 했다. 타조알로 머랭을 구워 나눔을 진행했던 이였다. 새 인간을 사오면서 맹세했다. 나는 새 인간과의 사이에 아무것도 만들지 않을 것이고 새 인간의 의사를 존중하며 새 인간과 나 사이에 존재하는 건 오직 공기 같은 것 바람 같은 것 체온 같은 것 필수 조건이지만 눈에 보이지 않는 것뿐

계약서를 작성하진 않았지만 새 인간과의 생활을 신고할 기관도 없었지만 나는 새 인간을 굶기지 않았고 볕을 쬘 수 있게 해주었고 또 깨끗한 이부자리와 잠옷을 마련해주었다 하지만 우리 사이에 소식이, 전달할 틈이 생겼다

새 인간의 알은 새 인간 알이라고 불러야 할까. 새 알이라고 불러야 할까. 그냥 알이라고 란이라고 불러야 할까. 란아

란아 이렇게 부르면 어느 날, 그건 제 이름이 아닙니다, 그러면서 정색을 하고 그간 돌봐주셔서 감사합니다만 저는 이제 제 인생을 살겠습니다, 하면서 떠날까. 일일 연속극의 기구한 아이들, 그 애들 고아로 헤어져 피는 이어져 있지 않은 채 왠지 끌리는 기분으로 만나

사랑하고 헤어지겠지.

나를 원망할지도 모르고

나를 모르고 그냥 지나갈지도 모르고.

새 인간의 알은 아주 무거운 것은 아니지만 분명 하루종일 가지고 다닌다면 엄청나게 피곤해지고 말 무게다.

화장실로 들어가서 아무 기척도 없고 한참 나오지 않는 나를 기다리며, 기다리는 걸까 정말, 새 인간은 어떤 기분 어떤 마음일까 어느 날엔가 빛이 깊숙이 드는 한낮, 점심을 함께 먹고 낮잠을 자는데 불쑥 죽고 싶다는 말을 들었다 나는 계속 자는 것처럼 굴었다 그런 기분일까

알을 들어 변기 가장자리에 내리쳤다 깨질 것이다 깨질 것이 분명하다 손이 더러워질 거다 낯설고 무서운 손은 휴지로 두껍게 싸서 버리면 된다 거리낄 것은

아무것도 없었다 알껍데기가 사기 컵처럼 박살났고 손에는 상처도 남지 않았고 새 인간의 숨소리가 고르게 들렸다 최선을 다하자 방이 조금 더 넓어졌다

당신이 원하는 사람

당신에게는 먼 나라에서 온 엽서가 있다 그 엽서에는 주소가 둘 적혀 있다
모르는 사람이 모르는 사람에게 보낸 안부는 혼자 읽는 것이 좋다
성별 없이 인간을 상상할 수 없어서 당신은
늘 한 번은 이편을 남자로, 저편을 남자로 상상한다
두 편 모두를 남자로, 두 편 모두를 여자로 상상하기도 한다
곰과 여우를, 숭어와 비둘기를 상상하기도 한다
인간의 말이 아닐지도 몰라
이건 주소가 아닐지도 몰라 은밀하게 웃기도 한다

잘 지내나요 잘 지내요 묻는 목소리에 당신은 먼 곳에 있었다
갈 수 있는 곳보다 더 가야 한다고 여기저기서 들었다
너도 약 좀 먹어야겠다 치료받아야겠다
공들여 듣고 있노라면, 말이 다 약이 되면
먹고 먹으면 아주 작아질 수 있을까 건강하고 소중해지고
개미만큼 작아져서 두 시간 거리를 사박오일 걸어간다면

한 번에 먹을 것을 사흘 밤낮 먹으며
당신은
정말 멀리 간 사람이 된다

요즘 무얼 했냐고 물으면 당신은 시를 썼다고 답했다
절대로 살아보지 못할 곳의 주소지를 적어본 것인데,
쓴 시를 외워달라고 한다
식민지 시인 중 아무나의 시에서 단어를 바꿔 몇 줄
몇 밤
그러면 새로운 나라가 세워지고 망할 정도로
엽서는 당신이 가진 가장 어려운 사전이었다

당신은 병실에 화분을 들고 갈 사람이었다
뿌리가 깊고
오래 살 화분을 들고 가
산소마스크를 낀 이의 머리맡에 둘 사람이었다
그 화분은 내가 당신에게 추천할 것이었다 나는 당신의 핑계가 되어줄 것이다

꽃과 나무, 할머니의 노래

너 시를 쓴다며?
동양의 검은 머리 여자 시인
채식 하고 태양을 향해 아침에는 절도 하고

응 나도 시를 써 그런데 너도 알다시피
홍합 까고 홍합 살 모으고 홍합 까고 홍합 살 모으고
요즘은 안 썼어 시즌 끝나면 다른 일을 찾아볼 계획이야

꽃과 나무
할머니가 불러주는 따뜻한 자장가
그런 것을 좀 써봐,
그러려고 했지 그럴 수 있을 줄 알았지

손발이 무거워지는데 한밤중에 부르는 소리가 있었다
가끔 세탁실에서 마주치는 베트남 여자애가 문을 조심히 두드렸다

「좀 봐줘, 누가 있어.」

내가 옆방 문을 열자 공용 베란다에서 그림자 하나가 일층으로 뛰어내렸다
이 나라는 여름이고 에어컨은 고장났고 누군가 창문을 완전히 잠그지 않았을지도 모른다

목소리가 들려온다는 말을 함부로 하지 마
여자애들은 신을 만났다고 말해야 쫓겨나지 않았다
신이라고 말하고 믿어야만 했다

집주인의 골프채를 집어들고 천천히 계단을 내려갔을 때
그림자가 현관으로 태연히 들어오고 있었다

「너희들이 그걸 휘두르면 너희는 경찰에 가야 해 갈 수밖에 없어 가게 될 거야」
나는 그림자의 말투를 번역하면서 굳어갔다

키가 컸나 작았나 목소리가 굵었나 가늘었나 코케시안 메일 맞나
진술을 해야 하는데 그림자가 망가진 현관 센서등과 꽃과 나무 사이로 사라졌다
할머니가 말했지 저기 묻힌 것 좀 봐라
무슨 말을 할 수 있겠니

봐라, 나도 썼다 꽃과 나무 할머니의 노래
영어로 처음 쓴 시였다 나는 신을 만났어
'시'라는 자리에 무엇을 넣어도 다 말이 되었다

집회

친구는 매일 지하철로 출근도 하고 커피도 마시면서
세상에서 가장 조용한 집회를 계획하고 있다
모두가 자기 앞사람에게 들릴 정도로만 조용히 말하고
웃는지 우는지도 모르게 해산하자는 말도 없이
돌아가는 것

강변에는 풀이 모두 베였다
현기증을 앓는 사람들이 모일 거야
치료 모임 같은 거야
아픈 사람들만 올 거야

고문은 왜 지하에서 주로 이루어질까
친구는 높은 산에 올라가면서도
눈앞이 어둡다고 말하고
술을 많이 마신다
집으로 내려가는 계단에 서서

너는 오지 마
나를 기다려

멈추지 않는 것만 멈추지 않고
이런저런 약을 먹고 약봉지를 분리하여 버린다
집회에 대한 계획이 끝나면 모든 게 끝날 것처럼

날이 맑고 날이 차다

기다리면
그림자가 다 모일 거라는 말을 믿었다

데츠로와 나

기계가 아이를 낳지 않아도 아무도 비난하지 않는다
기계가 작동을 멈추고 침묵해도
모든 걸 잊어버려도
우리는 용서한다
뒤에 인간이 있다고 믿기 때문이다
인간이 기계의 영혼이라고 믿기 때문에
기계가 점을 봐줄 수 있다거나 기계가 사주팔자를 가졌다고 믿지 않는다
시골에서는 종종 눈도 뜨지 않은 개나 고양이 새끼들을
어미 몰래 거둬 땅에 묻거나 물에 빠뜨려 죽였다
가끔 갓난애도 이불로 덮어두었다
이웃 나라에서는 그것을 코케시라고 하여 인형을 집에 둔다고 한다
대개 여자애들이다
기계인간이 왜 되고 싶은지 묻기에
질문이 틀렸다고 답했다

세라핀의 흰 물감
—해변에서 잠들기

아무도 오지 않는 해변이어야 한다

영혼
그녀가 외쳤다 아무도 듣지 않았다

영혼
다시 중얼거렸다 들리지 않았다

먼 미래에도, 지금 우리에게 금지된 것을 원하게 된다면
겨우 먼
미래에 대한 상상이
지금 금지된 것에 대한 갈망으로 지어진 짐승 우리라면
누가 누구를 구경거리 삼는 거지

호기심을 갈망이라고 착각하면서
모르는 것을 향해
깨어나는 것 말고는 할 것 없으면서

신에게 물었다
인간은 무엇이냐고
신이 답했다
네가 무슨 꿈을 꾸느냐고

3부

서성이며 일렁이며 만지는 마음

끝까지 읽을 사람

얇고 가벼운 책이다. 이상한 제목이라고 생각했다. 아무도 펴보지 않은 것처럼 빳빳한 녹색 표지에 제목만 얇은 글씨로 새겨져 있었다.

종이가 습자지처럼 얇아서 뒷장의 글씨가 연하게 비쳤다. 비트겐슈타인이 인용되어 있었는데 "내가 아는 모든 것은 그것을 표현할 어휘를 갖고 있다"라는 말이었다. 화자가 작가를 하나 발굴했다. 그 작가는 아직 살아 있지만 한 번도 작품을 발표하지는 않은 자였다. 누구에게도 자신의 작품을 보여주지 않은 자를 작가라고 부를 수 있냐는 질문을 그 친구가 던지고 있었는데, 아주 상투적이어서 오만하기까지 한 질문이라고 생각하며 계속 읽었다. 치정, 음모, 기만 등 예상 가능한 진행을 피하고자 함인지, 그자는 자신이 다니는 대학 청소부로 일하던 이의 작품을 가로챌 생각은 전혀 하지 않았으며, 오직 작품을 세상에 알려야겠다는 의지에 불타오르고 있었다. 열정에 관한 소설이나 선량함에 대한 소설일지도 몰랐다. 세상 때가 타지 않은 대학원생은 그이가 거부의사를 완곡하게 표현했음에도 불구하고 ("난 이미 늙었어" "그게 무슨 소용이야" "죽으면 끝인데") 저자의 작품은 저자의 것이 아니며, 모든 저자는 죽은 거나 다름없으므로 작품을 내놓자고 설득했다. 작품을 썼다는 것은 이미 보여줄 마음이 있다는 증거라고 달랬고 어떤 의미에서 노인은 이미 은퇴하여 세상 사람이 아니므로 오히려 잘됐다고도 구슬렀다. 대학원생은 결국 막무가내로 폐지로 묶어 내놓은 작가의 작품을 주워 모아 출판사로 보냈다.(교묘한 방식으로 성별을 특정하지 않았지만, 설득 장면 이후로 나는 그 대학원생이 남자일 거고 노인이 여자일 거라는 편견에 사로잡혔다.)

"투명한 쓰레기봉투에 온전하고 아름다운 다섯 개의 빨간 사과가 담겨 있어서 왜 저걸 버렸을까 살펴보게 된다"는 추천사를 달고 팔렸다. 이후로 한 문장 한 문장 읽기를 방해받았다. 문장의 순서를 믿을 수 없었고, 챕터의 순서를 확신할 수 없었다. 몇 달간 도서관에 가서 다른 작업을 하려다가도 소설 섹션이 맞을지 르포 섹션이 맞을지 고민했고 어쩌면 철학이나 사회과학 쪽으로 가야 하는 건 아닌가 의심도 했다. 그 책을 한 줄씩 혹은 반 페이지씩 읽었다. 계절이 두 번 바뀌었다. 가서도 뽑아만 놓았다 다시 꽂은 날이 더 많았다. 와중에 노인이 죽었다. 호스피스 병동에서 평범하게("안전하게") 죽었다. 노인은 평생 러시아어를 공부했는데 러시아에 가본 적은 없었다. 노인이 아직 노인이 아닐 때, 적어도 노인이 태어난 나라에서는 전쟁이 다 끝나가고, 살인이 용서받지 못할 시기부터 시작한 공부였다. 군부 독재 시절 직전의 일이었다. 드디어 노인의 과거가 밝혀지는가 싶었는데, 페이지가 겨우 한 장밖에 남아 있지 않았다. 노인은 이름을 바꾸고 나이를 바꾸고 인종을 바꾸고 썼다. 모든 것은 작품 안에, 피부 밑에 있다고 믿어지는 핏줄처럼 희미하게 비치고 있었다. 이에 대해 가여운 박사 수료생 친구는 들은 바가 없었다. 자신이 세상에 나기 전에, 몇십 년도 더 된 일이었다. 그리고 그 소설은 노인 자신이 쓰지 않았다.

간지까지 넘기자 책이 끝나버렸다. 작가는 이 소설은 특정 실화를 바탕으로 하지 않았다고 밝히고, 독자들이("지각 있는 독자들이여") 노인의 살인 방식과 살인 동기에 대해 밝히지 않는 것을 관대하게 이해할 거라고 썼다. 살인이라니? 공격이라면 이상한 공격이었다. 자신이 생각하기에 그것들은 "불필요"하기 때문에 쓰지 않는 것이라고 했다. 정 알고 싶으면 적합한 청구 번호를 소개해놓았으니 판결문을 찾아보라고 했다. 완곡한 거절 역시 거절이다. 적당히 팔렸고 적당히 잊혔다. 전 세계에 알려지지도 않았고 유명한 상을 받지도 않았다. 인세는 노인의 납골당을 관리하는 데 쓰였다. 번복하지 않았다. 치명적인 사건이 일어나고 있다. 무섭도록 증오하고 슬퍼하고 용서를 구할 일이 아니라고 생각했을지도 모른다. 무엇 때문에 수일간, 누구에게도 말하지 않고 부드럽게 상처받았는지 어쩔 줄 몰라하는 나 자신의 손만 열고 덮고 꽂고 뽑았다. 영원히 용서받지 못한 자는 신에게 용서를 구하곤 하는데, 끝 챕터부터 역순으로 다시 읽어보았다. 우리가 그 이름을 언급하지 않는다고 해서, 그게 사라지는 것은 아니었다. 하지만 모두가 그 책을 읽는 것도 아니었다.

귤 까기

혼잣말을 많이 하는 사람은 혼자 있는 법이 없다

귤 깠다

생각하고 존재하고 그러느라
조금 바빴다
바쁘게 귤껍질 속에 감금된 귤 알맹이를 꺼낸다 쪼갠다

안심시키기 위해서 할 수 있는 일부터 하겠다
네가 웃기만 해서 말은 내가 한다
힘내야지, 힘낼게,
바쁘게 내 입으로 귤을 넣어주는 손가락을 살짝 물었다가
놓아준다

상을 엎기

사람한테 소리를 지르면 안 돼, 무엇에건 안 돼
나의 꿈이 나를 어르는 것처럼
돼지 머리를 냉장고에 넣고 한밤,
손님들이 조용해지기를 기다렸다
모두 자는 동안 냉장고 문을 열고 냉장고 문을 닫는다
이것이 계획이었다
냉장고 문을 열었는데 돼지 머리가 말을 건다면 혀를 깨물고 참아야지,
실수로라도 입을 열면 돈이 물릴 것이다
손님들이 내게 절을 할 것이다 한입 크기로 썰릴 것이다 이것은 내 계획이 아니다
그러나 어쩌면 좋지
정말,
냉장고 문을 열자 보자기 싸인 둥근 것이 중얼거리고 있었다
「……혀를 깨무느니 깨물라고 내밀겠다」
내게 하는 말 같지는 않고
절 받을 생각도 없어 보인다 계획에
방해되지 않게 조용히 냉장고 문을 닫고 물러났다
너무 미안할 뻔했다
돼지에 대한 꿈과 돼지의 꿈은 다르다
돼지 머리의 계획에 따를 것이다
비명을 연습할 수는 없는 것이다

몸통의 역할을 맡은 것이다

받침

「몫」의 받침은 어떻게 쓰는 거냐고
왜 한쪽 받침이 그렇게 생겼냐
원래 그렇게 태어난 거냐

「내 몫이지」 서울말 같았다.
내가 이모라고 불렀던 여자
이모도 뭣도
아니고 나한테는 관심조차 없던

봄에 오는 새와 둥지에서 떨어진 새
이상하게 닮은 신발을 벗고
울지 않는다 어느 날 공책 속에 발자국을 마구 남기고
나가지 않고

그건 무슨 뜻이냐고 물어도 쓰는 법과 읽는 법은 말해주지만
계속 절룩거리며 돌아오기만 할 뿐

풀이 밟힌 채로 자라고 다리를 끌고 돌아가는 장면을
그대로 남겨두던 진흙길

「날개가 있으니까 다리 정도는 필요없어」
텔레비전에서 나온 말을 이모는 자주 가르쳐주었다

그 말을 다 믿을 수 없었지만
마루 끝에 한쪽 다리를 들고 서 있다가
소리내어 서울말을 따라한다

당신은 사랑을 하는군요

내가 사랑하는 만큼 저녁이 찾아온다면

매일 환하겠지 매일 불타는 흰 밤이겠지

그러나

다락방에도 없고 계단 밑에도 없네

다락방이 없네

신발장 위 냉장고 위에도 없네

귀퉁이가 해진 담요 아래

의자 밑에도 책상 위에도

내가 사랑을 배우려고 한다면 네가 있다는 것을 배우느라

사랑이 무엇인지 알 틈도 없겠지

불 꺼진 방에 하루 이상이 잠들어 있다고

이불을 걷어보네

구름이 갈기갈기 찢겨져 있네

비가 들이치겠지
머리 위 어깨 위 무릎 위에도

창문을 열어두었네

너를 알게 된다면 대낮이 끝나지 않는 시간이라면

문을 열어두겠네

다녀올게
다녀와

내가 좋아하면 내가 좋아하는 것이

지나가는 말이

냄새가 나기 시작했네

갈 곳이 없어서 자꾸 지나가는 것처럼 그렇게

구름이 바라본 나와 내 친구들의 집

구름 없이 맑은 하늘의 구름을 받아들이고 싶다
구름으로부터 지켜지는 것들
구름 바깥에서 구름으로 인해 느껴지는 뜨거움
구름 속에 머리를 넣고
우리는 자고 빨래하고 설거지했다
우리는 농사를 준비하는 사람처럼
하늘을 자주 본다 종종 통화를 하노라면
하늘 이야기를 꼭 한다
지붕을 갖지 못한 사람처럼은 아니고
지붕을 수리해야 할 사람처럼
땅을 가진 사람처럼은 아니고
땅을 빌린 사람처럼
마당에 우물을 가진 사람처럼은 아니고
마당에 폭우를 들이는 사람처럼
섬돌을 더 높이자 그런 이야기도 한다
당귀를 심으면 뱀이 오지 않고
무화과를 심으면 벌레가 끓지 않는대
이 말을 나는 다큐 자막으로 읽었고 친구들은 나에게서 들었다
내 친구들
가끔 엄마나 아빠라고 부른다
무릎이 닳고 피가 탁해지는 내 친구들
친구를 닮은 구석에서

친구가 자고
나를 닮은 구석에서
내가 자고
생일이면
쌀 씻고 같이 먹고 밥솥도 치우겠지만
뱀과 벌레를 잘 잡는
강아지 고양이를 키울 수도 있겠지만
운명이 있다면
운명을 누리는 사람처럼은 아니고
운명을 따르는 사람처럼
나는 내 친구들이 죽으면
내 마음대로 장례를 치르고
다른 친구를 남기지 않고 죽겠지
가족을 갖는 사람들은 가족 아니라면 누구에게도 사랑받기 힘든 사람들이다
그래서 우리는 가족이 되었지
벌이라고 생각하면서도 기꺼이 받겠다 그랬어

나는 여기서 끝내겠다고 말했지
내가 친구들을 울게 했어

아름다운 베개

움직이고 싶지 않기 때문에 움직이지 않는 짐승, 나의 장미 정원은 아무에게도 열려 있지 않아 거기에 정말 장미가 있는지 피어 있는지 장미의 죽어가는 가시와 마른 뿌리만 흙 위에 드러나 있는지 알려지지 않았다 나의 게으른 짐승을 알리고 싶지 않다 오월의 장미들이 십이월엔 어쩌고 있는지 나의 장미 정원을 가꾸어야 할 원정이 출근하지 않고 장미 정원이 나의 장미 정원에 가까워지도록 움직이는지 아닌지 있는지 없는지 나는 그것을 내버려둔다 새와 벌레와 두더지가 바닥을 파고들어와 장미 정원을 누리는지 아닌지 저희끼리 개량을 시작한 장미들만이 무섭게 피어 있는지 저희끼리 사랑하고 꿈꾸는지 보여줄 생각으로 일부러 더 그러는지 과연 누군가 길을 잃지 않는 한, 아무에게도 들키지 않고 향기도 새어나가지 않을 것이다 내가

죽으면 나의 장미 정원은 장미 정원이 되겠고 이것은 장미 정원과 내가 나눈 약속이다 죽기까지 나는 그 누구에게도 장미 정원에 대해서 말해서는 안 되고 그것을 춤이나 그림, 노래로도 묘사해서는 안 된다 나의 장미 정원이 있다는 것을 알고, 보지 않고도 안다는 것으로 몸짓이나 낙서, 흥얼거림으로 묘사하지만 아마도 다 되지 않을 것이다 불가능을 증명하는 일은 가능을 증명하기보다 어렵다 장미의 색깔이 빛의 손톱 아래 어떠한지 연인이 겨울 외출에서 내 품으로 마침내 안겨들 때 피가 돌듯 한 종류 장미만이 나의 장미 정원을 가능케 하는지 허기진 사람이 소금물이라도 들

이켜듯이 미친듯이 빛을 마시고 토하는 나의 장미 정원이 확실한지,

한 발자국도 나 자신 바깥으로 나가기 어려운 날에 장미는 식량이 되기도 하는데 배를 채우기 힘들고 연인에게는 더더욱 권하기 어렵다 이 짐승은 날거나 뛰지 않는 대신 먹을 것을 가리지 않는데 특히 인간을 좋아한다 인간을 눕히고 천천히 재운다 도망친 원정이 없고 퇴직한 원정이 없고 향기로운 꿈에 그들이 나타나지 않는다는 것이 증거다 나의 장미 정원이 나 아닌 이들에게 언제나 열려 있다는 것은 잘 알려져 있는 사실이다 장미는 끝끝내 이해하기 어려웠던 자신의 몸 위에서 죽는다

죽집이 공사를 시작했다. 가벽 깊숙이 한 바퀴 무슨 일이 벌어지고 있을 텐데 나는 아침저녁으로 죽집 앞을 지나간다. 미로 속에서 인부들에게 무슨 일이 벌어지고 있는 줄 뻔히 알지만, 샅샅이 아는 건 아니다. 뜨거운 김에 얼굴이 빨개지면서 무서운 꿈이 나쁜 꿈은 아니지. 그러니까 이제 나는 꿈을 꾸겠다. 미안하지만, 이제 나는 꿈을 이야기하겠다.*

마음 단단히 먹고 죽을 끓여보자. 아끼던 돌을 제일 먼저 솥에 떨어뜨린다. 나무 국자로 숨을 걷어내며 몇 밤을 끓이는 것이다. 숨죽은 것처럼 보이더라도 방심하지 말고 가슴을 치고 인공호흡을 반드시 해야 한다고 배웠다. 심장이

화르르 끓어넘치기 전에 눌러앉힌다. 젓는다. 불을 죽이고 바닥까지 깊이 팔뚝에서 어깨까지 넣어 젓는다. 오백 명은 먹일 귀한 돌을 불린다 생각하자. 온 이마가 땀에 젖어도 국자를 잡은 손이 뜨거워도 놓지 말자. 바닥을 건드렸을 때 숨소리가 들린다면, 시체인 줄 알았는데 신음소리를 낸다면, 당신이 되살린 것이다. 울음을 터뜨린다면 정말로 다시 태어난 것이다.

원망 섞인 소리를 듣는대도 처음엔 기쁘겠지 몇 날을 버티다 기절해 꾸는 무서운 꿈일 뿐, 당신이 나눠주지 않는다면 당신만 아는 돌이 되겠지. 만약 그 소리가 한 번만 들렸다면, 정말로 꿈이 이루어진 게 확실할 텐데. 두 눈 딱 감아버리면 될 텐데. 어제 왔던 인부가 내일은 보이지 않고, 미

로 속에서 오늘의 인부가 배식을 기다리는데 그런데 당신은 솥을 향해 자꾸만 몸을 더 기울이고 만다. 거의 솥으로 들어갈 기세다.

* 이 돌은 내가 꿈속에 가둬둔 짐승인 줄 알았다. 사라진 걸 알았을 때, 울면서 안도했다. 꿈 밖에선 곧장 사살당할 거라고 짐작했다. 고통은 없을 것이다.

희망과 꿈이 같게 여겨진다.

공-독(void)

차를 시키지 않고 24시간 카페에 앉아 책을 읽는다 소리 내어 또박또박 읽는다
사람들이 듬성듬성 테이블에 둘러앉아 빙수를 뒤섞고
컵에 물방울이 맺히게 둔다
나는 울고 있다
아버지 저에게서 이 책을 거두어주소서
나는 계속 읽는다
옆 사람이 흘깃거린다고 생각하지만
사실은 나 말고 거대한 전면 창 바깥
열대야에 미친 사람들을 보는 것이다

비행기에서 내리자마자 이 예민한 자는 바다 냄새를 맡았다고 한다
나는 이 자를 용서한다
그는 자신이 하는 일을 모른다
시라고 하면 전부 시가 되는 세상이다
물로 쓴 것이 저를 읽는 것을 허락했다

따뜻한 튀김

갓 튀긴 돈카츠를 크게 썰고
볼이 미어져라 우물우물 씹었다
그러다가 앞에 사람이 앉아 있는 걸 눈치챘다
입을 벌려 먹던 것을 그대로 뱉었다
삼키지 않았어 넘기지 않았다고
입천장과 혀가 덴 것처럼 말이 나오지 않았다
접시 위에 채 썬 양배추 위에
침 범벅 덩어리가 한없이 한없이 떨어져내렸다
뭐가 계속 토해지고 있었다
태어나서 단 한 번도 따뜻한 튀김을 먹어본 적이 없어
앞에 앉은 사람이 말했다
신은 지금 가난한 자의 곁에 있어*
자꾸 말했다

* 존 버거, 『모든 것을 소중히 하라』, 김우룡 옮김, 열화당, 2008.

신의 잠

신이 문을 두드린다

문을 열어주면 신을 만나게 되리

나의 집만 빼고 온 마을이 사라져

비로소 나는

선물을 받게 되리라

신의 얼굴을 본 죄

신을 안으로 들인 죄

모두를 죽이는 데 동참한 순간을

기념하게 되리

증오했던 이조차

사랑하게 되는 큰 심장을 받게 되리

우리는 동맹을 맺으리

신은 내게 선물을 내렸다는 선물을 받겠지

그것은 내가 줄 것이다

오늘부터 나는 걸으면서

가장 깊고 무서운 잠을 자리

신의 잠을 자리

문이 되리

소감문 쓰기

성탄절에 작은 봉사를 허락해주셔서 감사합니다

빨간색 노란색 접시를 교차로 놓고 하얀 테이블보에서 우리는 창백함과 순연함과 고요함과 적막함을 봅니다

천사와 천국은 눈 내리는 들에서 풀을 뜯는 흰 소
아이들이 부르는 찬송가는 언제나 좋게 들립니다
케이크를 잘라 아이들 앞에 두었습니다 아이들은 소리를 먹는 생물을 몰래 키웁니다

드물게 성인이 되도록 그 생물을 키우는 경우도 있습니다
무수한 잔금이 서로 밀치고 있는데 물로 적셔주어야 부서지지 않습니다
찻잔과 찻주전자와 성질이 유사할지도 모릅니다 애지중지 혼자 내는 소리를
아낌없이 주어야 자라납니다

케이크 더 줄까, 물어보았습니다 그 아이는 가장 오랫동안 울고 있었습니다
모르는 사람의 생일에 케이크를 먹는다는 사실이 무섭다고 제게 말해주었습니다

벌레가 웁니다 새가 웁니다 고양이가 사자가 원숭이, 당

나귀가 웁니다 소리나는 것은 모두 울립니다 나는 벌써 수년간 눈물이 안 났던 것 같습니다 얼굴 씻을까, 데리고 나가 더운물을 틀어줍니다 보일러가 웁니다 들리는 것이 보이지 않습니다 눈물에 들리지 않게 우는 아이도 꾸준히 자라납니다

산더미만큼 쌓인 사과

세상에 둘뿐인 고아처럼
철수와 영희는 사과를 나누어 먹거나 등교하거나
운동장을 달린다

철수와 영희들을 놓고 불이 번지는 속도와 불길의 방향을 구하고
둘이 만날 수 있도록 반대방향으로 다른 속도로 달리기를 시키라

가죽의 아름다움에 사로잡혀 있는 사냥꾼의 딸처럼
가족의 죽음에 운율을 만드는 가인처럼
올해도 겨울은 길구나, 말고기 꿩고기 말린 것을 씹으며
눈 위에 난 발자국을 쫓아다니고
철수와 영희라는 이국의 이름들을 친구로 한다

사과가 굴러떨어지고 또
떨어지고

바보 같은 친구들
내가 구할 답을 기다린다
나는 너희 이름을 발음하기 어려워
너희를 잊을지도 모르는데

거대한 고아원 문을 비틀어 열자마자
그 문 바깥으로 쏟아진 사과
썩어서
싹을 틔운다

섬집 아기들

섬에서 온 줄 모르고 섬이 어떤 것인지 모르고
기계인간이 되고 싶다고 기계인간이 말한다
인간이 되고 싶다고 인간도 자주 말한다
개구리가 장래희망인 아이 이야기를 읽었다
어른들은 그 아이의 꿈을 귀여워한다
소가 되고 싶으면 밥을 먹고 바로 누우면 된다
그러나 뱀이 된다
물고기도 굴도 손발이 없는데
뱀만이 미움을 받는다
뱀은
혼자 남아 집을 본다
꼬리를 베고 허리를 베고 잔다

핏기

피 묻은 옷을 어떻게든 빨아서 다시 입겠다고
거의 엎드린 자세로 물속에 손을 담근다
과연 물보다 진하다
흙처럼 돌처럼 대야 바닥에 가라앉는다
기울이면 물을 놓아주고
연기처럼 하수구로 떠나간다
섞이지 않고
여행하겠지 반복되지 않는 꿈
기록되지 않고 죽기 위해
이름을 바꾸고 얼굴을 바꾸고……
바꾸다니
그저
움직이느라 움직이지 않는 게 무엇인지도 잊어버리겠지
그러나 몸의 무게를 다 싣고 두 손을 비벼도
피가 좀처럼 빠지지 않는다
눈발 무섭던 날 용산역
남자가 여자를 끌어안고 있는데 여자는 두 팔을 내리고
서 있다
손등이 찬물에 터진 듯 불그죽죽했다
여자가 택시에 남자를 밀어넣고 횡단보도를 건너갔다
머물다 떠난 곳을 버렸다고 표현하지 않는다
누가 보더라도 상관없는 시체는 없다
피가 덜 묻은 옷을 입고 잔다

두 명

가겠냐 하셔서 옷을 두고
투명해지기로 한다

투명해지기는 생각보다 큰 열량을 소모시킨다. 어깨를 아래로 내리며 대흉근을 최대로 늘린다. 다음 광배근을 위로 올리고 천장골이 뒤로 빠지지 않게 주의한다. 뒤꿈치가 아니라 발가락부터 바닥에 디딘다.

두 발이 먼저 사라지고
돌아서면 모를 얼굴이다 소매를 꽉 움켜쥐고 정말 가겠냐 하신다
떠나고 나면 내 피부도 혼자 일어나 집으로 돌아오면 좋겠는데 미안하고 죄스럽다 하지만 나는 자두나무가 복숭아나무를 대신한다 그런 배움을 떠올리며
방향을 튼다 맞다, 말은 한마디도 해서는 안 된다
단호하게 온몸을 오그리고 불 꺼진 쪽으로 걷는다
편의점 유리문이 벌컥 열린다면 피하지 못한다면 모두가 놀랄 것이다
사람을 놀래키지 말자 발끝을 밀듯이 걷는다 조금만 더 가면 아침, 어서 가서 눕자 눕게 해드리자

머리카락이 닿아 목은 좀 따뜻했다
간밤 잠시 진눈깨비 내려 이틀 내내 어리던 눈사람이 좀

더 늙고

더러워진 스웨터와 슬리퍼가 빌라 앞 시멘트 바닥까지 내려 붙었다 진눈깨비 내릴 때였겠지 뭐 사람의 몸은 칠십 퍼센트가 물이거든 그런 소릴 들으며 술과 물을 엎질렀다 충분히 잃어버리자 그래

이제 들어갈까 골목 끝이 보이는 거기 좀 멈춘다 내 허물이 멱살 잡혀 질질 끌려오고 있을지도 모른다 조금만 더 지켜봐드리자 멈추시게 하자 눈사람의 몸은 칠십 퍼센트가 찬 공기, 찬 숨

볕 드는 곳을 따라 보일러 연기를 피해 조금씩 발을 옮겼다 그러다 부딪혔다

누군가 옆에 서 있다

처음이었다면 무척 놀랐을 것이다 나처럼 투명해진 사람이 난간 아래 가만히 서서 시간을 보내고 있다 두 명 다 불투명해지지 않도록 발끝에 힘을

배꼽을 위로 끌어당기듯이 더 힘을 만들고

사람이 많이 다니는 시간이 오기를 기다린다 주말이고 혹한이지

눈사람이 곱게 나이를 먹어가고

두 명의

칠십 퍼센트가 우리 바깥에서 고요하게

다들 잠든 것 같았다 잠들게 해드렸다

불

불을 오래 견뎠더니 불을 냈다는 소문이 났다
죽은 사람은 손쉬운 재료다
칼을 녹이지 않는 정도의 불
서성이며 일렁이며 만지는 마음
딱 그만큼의 불을 지키는 데 드는 연료가 있다

특별히 좋은 연료가 있다
멀리 갈 필요 없이
우는 사람은 불이 잘 붙는다
불은 지르는 것보다
지키기가 더 고단하다
태양을 오래 본 후에 눈물이 흐르도록 본 후에
번쩍이는 것들을 계속 가두어두면
곧 아무것도 볼 수 없게 되지만

어둠

나를 볼 수 있다
밝은 가운데 어두운 것을 보게 하는 연한 나를 따라간다
반딧불의 먹이는 작은 달팽이들이다
달팽이는 녹일 수 있다면 뭐든 먹는다
축축하고 서늘한 숲을 다 먹고
먹어서 흐리고

나지막하게
자신이 타오르고 있다고
설득시킬 필요는 없다

바람에 흔들리는 유리 종 삼키기

서울 시내에서 버스로 두 시간, 호수를 보러 가서 허리까지 검은 머리카락을 기른 서점 주인에게 책을 샀다. 호숫가였는데 호수가 보이지 않았다. 친구가 나에게도 저렇게 머리카락을 길렀던 적이 있냐고 물었다. 머리보다 책장보다 높이 자란 풀숲을 돌아다녔다. 나는 어디서부터 시작해야 뱀을 봤다고 말할 수 있나 고민했다. 삼에서 사 개월, 기절시킨 먹이를 통째로 삼킨 후 내장은 그것을 계속 녹인다. 먹은 것을 내장으로 조련한다. 내장으로 보는 사람을 조련한다. 그걸 보게 하는 뱀의 아름다움 같은 거. 적나라하게 그럴 때 뱀의 궁리는 가늠하기 어렵다. 분명히 내장에 있었는데 저기 있었는데 점점 사라진다. 뱀을 바라보는 눈높이만 맞추어본다. 장기만큼 풀이 짓눌린다. 왕뱀은 대체로 독이 없다. 대책 없이 몸이 커지는 아름다움으로 살고 누구도 다 본 적 없는 삼천리 금수강산처럼 산다. 바람에 호수 냄새가 날 거라고 했지만 바람 한 점 없다. 여름 풀숲은 뱀의 계절이다. 나는 읽어서 좋았던 고장의 풍습을 더듬어냈다. 저기서 미혼자는 남녀불문 머리카락을 묶지 않고 길게 늘어뜨리고 다닌다. 온 무릎을 꿇고 머리카락에 입을 맞추는 것이 그 나라의 구혼 방식이다. 머리카락이 풍성할수록 서로의 얼굴이 보이지 않기에 좋은 일이라고 한다. 두 시간이 지나가기 전에 대답을 해야 하는데 우리는 친구이지만 자주 만날 수가 없는데

풀이 목구멍까지 가득했다

친구와 내가 서울 복판에 가서 친구와 나로 있다

피고용인 잭이 마침표로 읽을 문장은……

「벌이 내릴 것을 기다리는 벌을 받고 있다.」

눈을 퍼다 설거지를 한다. 밥알인가…… 아니, 이빨이다. 빨간 손을 하고 수챗구멍에서 이빨을 치우다 치우다 거인을 기다린다. 내객이 여럿 다녀갔나보다. 내가 보아야 할 내객만 나는 볼 수 있다. 이를테면 내객이 두고 간 이빨이나 머리카락, 신발 같은 거……. 그러나 거인은 청소에는 흥미가 없다는 듯 냉장고에서 물병을 꺼내 벌컥벌컥 마신다.

「자국을 남겨도 눈이 덮는다.」

서가에 들어갈 땐 반드시 허리에 밧줄을 매고 들어간다. 눈이 내려도 젖지 않는 책들. 눈 속에 누가 죽어 있으면…… 혹시나 싶어 내 몸을 도로 만져본다. 최대한 쌓인 눈은 건드리지 않는다. 집 떠나와 숙식 제공 종신 계약서에 서명했다. 나는 밧줄과 안경과 담요와 거대한 냉장고와 눈이 내리는 높은 천장과 셀 수 없는 책과 내리는 눈, 나만 밟는 눈길과 거인의 귓가 자리를 받았다. 손발이 얼기 전에 책을 골라 나와야 한다. 거인에게는 손톱에도 잡히지 않게 작은 책들이라 내가 먼저 읽고, 거인의 귓가에 앉아 거인의 귀가 다 녹도록 소리내어 읽어야 한다.

「하지만 나는 살아 있다.」

집 없는 아이들은 어디서나 잘…… 자야 한다. 그래야 큰다. 거인은 내 목소리가 작다고. 더 크게, 더 세게 읽으라고 한다. 나는 여기 오기 전에 다…… 컸다. 아무리 오래 자고 아무리 많이 먹어도 거인만큼 자랄 수 없다. 아무려면 거인도 알겠지. 그러나 거인은 내객이 가고 아무도 없을 때마다 잘 자고 잘 먹으라고 한다. 눈이 멀거나 이빨이 다 빠질 때까지 자신을 위해 책을 읽어야 한다고 했다.

「길을 잃고 헤매는 이들을 미워하지 않게 도와주세요.」 오늘은 마침표 대신 이 문장을 백 번…… 넘게 읽었다. 마침표를 「마침표」라고 읽는 것, 거인이 거슬린다고 해서 궁리해낸 방법이다. 눈으로 만든 거인은 차갑고 아름답고 내가 읽은 문장에 쉽게 상처받는다. 내가 읽은 책에 너무 많이 녹아내리면 거인은 내객을 맞이한다. 내객이 다녀간 날 거인은 늦잠을 자고 나는 눈 속에 두 손을 박아 책을 꺼낸다. 표지를 턴다. 지상으로 사람의 것이…… 내린다. 펄펄 내린다.

* 소리내어 읽어주세요.

검은 비둘기

태풍
무너지는 날에 비둘기는 어디로 가나
분명히 지켜보려고 했는데 비가 내리기 시작했고, 빗줄기도 제대로 보이지 않네
세상이 어둡고 나는 혼자가 아닌데 테이블 위의 음식들이 전부 썩기 시작한다
아무도 없고 아무도 없어요? 라고 물어볼 사람도 없고 아무도 없네요! 라고 말할 사람도 없고
이 시를 읽어줄 사람도 없고 산비탈 아래 드러난 뼈처럼
나는 아주 먼 미래를 보았거나 아주 먼 과거를 보았거나 했네
비둘기가 날개를 펴지 못할 정도로 비가 쏟아지고 청소차가 지나간다
비둘기 죽은 것을 오래간만에 보았다
옛날에 죽은 비둘기 생각을 해 다시 해
계속은 아니고
비둘기가 나에게 옮아왔다

해설

낯선 주체들의 탈주

김영임(문학평론가)

『킨포크(KINFOLK)』의 미학은 표지에서, 세계관은 'Starters'라는 코너에 실리는 짧은 글들로 시작된다. 최근 '모네의 백내장(Monet's Cataracts—When great art meets modern medicine)'[1]이라는 제목 아래 많은 예술가들의 창의성이 어쩌면 그들이 겪었던 육체적 질병에서 나온 것일 수 있다는 내용의 글이 실렸다. 니체의 과민성대장증후군은 그의 존재론적 고통으로 이어졌으며, 모네의 백내장이 그 유명한 수련의 형상을 낳게 했다는 것이다. 그 밖에도 프랜시스 베이컨의 형상 인지 장애 가능성, 르누아르의 근시 등 많은 예술가들의 미학적 성취를 그들의 질병과 연결하고 있다. 그 설명들이 너무나 그럴싸해 철학사와 예술사에서 그들이 이룬 변곡점들을 빼곡하게 설명하던 독서들이 낭비로 여겨질 정도다. 이 과학자들은 분열증적 욕망을 지닌 작가들을 '억압과 신경증'이라는 단어로 간단하게 설명하고 마는 비평가들보다 더 성급하다. 작가의 사유와 작품에서 드러나는 분열과 탈주는 욕망이라는 심급으로 가기도 전에 육체의 질병 안에서 설명되고 만다. 반면 들뢰즈는 분열증적 욕망을 지닌 작가들을 질병이 아닌, 징후학자로서의 작가, 분열증적 주체, '-되기'를 통해 욕망의 탈영토화를 실현하는 작가로

1) Ben Shattuck, "Monet's Cataracts", Kinfolk issue 36, June 9th, 2020, p.16.

평가한다.[2] 들뢰즈가 말하는 징후학자인 작가는 분열과 탈주를 통해 삶에 대한 새로운 가능성을 제시하는 사람이다.

김복희의 첫 시집 역시 '분열과 시쓰기'라는 표제 아래 해석된 바 있다. "말과 사물의 분열" "주체의 분열"이라는 표현들로 서술될 만큼 김복희의 시적 언어들은 쉽게 해석되지 않는다. 그렇다면 "분열에의 자각을 주체에게 투사"함으로써 "시의 척후병"[3]을 자처하는 시인의 비장함에 끌려 우리는 김복희의 시를 읽고 싶은 것일까?

매 계절 발표되는 수많은 시들 안에서 김복희라는 이름을 기억하게 만든 건 「느린 자살」과 「빈방」이라는 시였다. 「느린 자살」에서 시인은 쇠락해가는 사물의 모습 안에서 죽어가는 건물의 언어를 섬세하게 읽어냈다. 「빈방」은 '포식자' '기계인간' 그리고 '빈방'이라는 세 가지 소재를 마치 저글링하듯 규칙적이면서도 동시에 불안하게 배치하고 있는 아름다운 시다. 아마 김복희의 독자라면 두 시를 기억해내는 데 많은 시간을 필요로 하지 않았을 것이다. 그녀의 첫번째 시집을 이 두 편의 작품으로 설명하는 데에는 이견들이 있겠지만, 내게 김복희는 이 두 시 안에서 읽혔던, 보이지 않으면서도 존재할 수 있는 것들을 향한 섬세한 감각을 가진,

2) 민진영, 「질 들뢰즈의 문학론 연구」, 전남대학교 박사학위논문, 2005, 115쪽.

3) 이수명, 「시의 척후병—분열과 시쓰기 이야기」, 『내가 사랑하는 나의 새 인간』(김복희, 민음사, 2018) 해설에서.

낯설면서도 약간은 공포스러운 것이 만들어내는 아름다움을 읽어낼 수 있는 시인이었다. 두번째 시집에서 시인의 감각은 더 선명해지고 구체화되었으며, 여전히 서늘하면서도 아름다운 순간들을 포착하고 있다. 또한 들뢰즈의 징후적 작가의 언어가 '삶에 대한 새로운 가능성'을 제시한다고 믿어지는 것처럼 시인은 낯선 모습의 주체들이 맺는 생경한 관계들을 자신만의 방식으로 열어 보인다. '분열' 자체로는 아쉽다. '분열' 이후에 도달하는, 쉽게 설명되지 않는 시적 감각에 잠시라도 빠지는 순간이 있었다면, 독자는 '김복희하기'를 경험한 것이다.

참, 시인은 모든 이가 궁금해했을 '동묘 앞에서 사온 새 인간'의 소식도 잊지 않았다.

"완두콩 공주"처럼

'모네의 백내장'에 대해 좀더 이야기해보자. 이 글의 예시 중에 철학자나 예술가가 아닌 동화 속 인물이 하나 등장한다. 안데르센의 짧은 동화 「완두콩 공주」[4]의 주인공이 그

4) 안데르센의 「완두콩 공주(The Princess and the Pea)」는 짧은 분량의 동화이다. 진짜 공주(a real princess)를 짝으로 맞길 원했던 왕자와 그의 어머니 왕비는 폭풍우를 뚫고 초라한 행색으로 나타나 자신이 진짜 공주라고 주장하면서 하룻밤 거처를 구하는 소녀를 테스

인물이다. 스톡홀름의 두 연구자는 소녀가 잠을 이루지 못한 것이 이십여 장의 매트 아래 깔린 완두콩의 존재를 감지해내는, '진짜 공주'임을 증명할 수 있는 섬세한 감수성 때문이 아니라 섬유근육통 환자들이 흔히 보이는 수면장애와 근골격계의 통증 때문이라고 주장한다. 그녀는 섬세한 것이 아니라 고통받고 있었다는 것이 두 과학자의 주장이다.

김복희 시인의 이번 시집에도 「완두콩 공주」라는 작품이 있다. 시인의 공주는 어느 쪽일까? 시를 읽어보자.

'도와줘'는 겹겹이 포개놓은 담요 맨 아래에 놓여 있는,
자고 일어나서 확인했는데 절대로 부서지지 않는 완두콩
같은 걸 말한다

나는 공주처럼 일한다
너무 크게 말고 적당히 미소만 짓도록 해 그게 우아해.
회색 눈의 노르웨이인 노인이 알려준 접객 방식이 마

트하기 위해 스무 겹의 요를 깔고 제일 아래 완두콩을 숨겨둔 잠자리를 제공한다. 소녀가 다음날 뭔가 불편한 것이 요에서 느껴져 잠을 이룰 수가 없었으며 그것 때문에 온몸에 멍이 들었다고 말하자 왕비와 왕자는 완두콩을 느낄 수 있는 소녀의 감각이 진정 왕족의 자질이라며 기뻐하게 되고 소녀와 왕자는 결혼식을 올린다는 이야기다. 그리고 그 완두콩은 박물관에 전시되었으며 '이것은 실화'라는 문장으로 마무리된다.

음에 든다

'알겠어'는 담요를 전부 정리한 후 완두콩을 입안에서 살살 굴리다가 흙밭에 톡 뱉어놓고 썩었습니다, 싹이 안 나요, 라고 보고하는 걸 말한다

(……)

나는 아픈 데도 없고 몰라도 되는 것이 많고 말을 많이 하지 않아도 된다
검정색은 그다지도 왜곡되어 고통받고 있는 걸까
그건 검정색이 선택한 문제니까 검정색이 책임져야 할 것이고 그 누구도 검정색을 보호하거나 위로할 의무는 없다 하지만 누구든 보호하거나 위로하고 싶거든 해버린다

(……)

집을 찾으려는 개미에 대한 상상 말고 가고 싶은 곳이 있는 개미를
친구에게 보내기로 한다 공주처럼 쓸어버려도 괜찮다
—「완두콩 공주」 부분

원작 동화의 결말은 소녀가 왕비와 왕자의 가족 안으로

흡수되는 오이디푸스적 완결성을 띠게 된다. 이 서사 안에서 완두콩의 자리는 없다. 완두콩은 공주의 섬세함을 증거하기 위해 박물관의 전시품으로 소모되는 소품이다. 이에 반해 김복희의 '완두콩 공주'는 완두콩의 존재를 돌올시키면서 기존의 통일적 서사에 균열을 낸다. 시의 중심은 완두콩에서 시작해서 공주인 '나'에게로 옮겨간다. 이것을 가능하게 하는 것은 시인의 공주가 갖는 특별한 주체의 모습이다. 시인의 공주는 "맨 아래에 놓여 있는" "절대 부서지지 않는" '완두콩'의 모습에서 "도와줘"를 읽어내고, 완두콩을 박물관이 아닌 흙밭으로 돌려보내기 위해 거짓 보고를 하는 행위를 "알았어"로 치환하는, 선하면서도 위악적인 인물이다. '나'는 과학자들의 추측과는 달리 "아픈 데도 없고" 동화 속 공주의 덕목처럼 모든 존재를 알아볼 필요 없이 "몰라도 되는 것이 많"은 존재다. "너무 크게 말고 적당히 미소만" 지으며 "공주처럼 일"하는 '나'는 공주이면서 동시에 공주가 아니기도 하다. "집을 찾으려는 개미"는 '선(線)'의 내부를 향하지만, "가고 싶은 곳이 있는 개미"는 '선' 밖으로 탈주하는 존재다. 우리의 '완두콩 공주'는 "왜곡되어 고통받고 있는" 검정색에 대해서도 "검정색이 선택한 문제니까 검정색이 책임져야 할 것"이며 "그 누구도 검정색을 보호하거나 위로할 의무는 없다"고 냉정하게 잘라 말하지만, 어느 순간에는 "누구든 보호하거나 위로하고 싶거든 해버"리는 주체다. 시집 전체에서 만날 수 있는 약간 이상하고 엉

뚱한 시적 주체들은 이런 '반역'을 상상하는 '완두콩 공주'의 변주들이라고 할 수 있다. 비록 그 '반역'의 강도는 들뢰즈의 마조흐나 사드의 탈주선에 비하면 사소하기 짝이 없지만, 우리를 '열려 있는 길'로 이끌기에는 충분하다.

'사이'의 매질(媒質): "필수 조건이지만 눈에 보이지 않는 것"

이쯤에서 많은 독자들이 기다렸을 새 인간의 소식을 들어보자.

두 손에 알을 들고 변기 앞에 서 있다 손을 오므려보았다

(……)

새 인간을 사오면서 맹세했다. 나는 새 인간과의 사이에 아무것도 만들지 않을 것이고 새 인간의 의사를 존중하며 새 인간과 나 사이에 존재하는 건 오직 공기 같은 것 바람 같은 것 체온 같은 것 필수 조건이지만 눈에 보이지 않는 것뿐

(……)

화장실로 들어가서 아무 기척도 없고 한참 나오지 않는 나를 기다리며, 기다리는 걸까 정말, 새 인간은 어떤 기분 어떤 마음일까 어느 날엔가 빛이 깊숙이 드는 한낮, 점심을 함께 먹고 낮잠을 자는데 불쑥 죽고 싶다는 말을 들었다 나는 계속 자는 것처럼 굴었다 그런 기분일까

알을 들어 변기 가장자리에 내리쳤다 깨질 것이다 깨질 것이 분명하다 손이 더러워질 거다 낯설고 무서운 손은 휴지로 두껍게 싸서 버리면 된다 거리낄 것은

아무것도 없었다 알껍데기가 사기 컵처럼 박살났고 손에는 상처도 남지 않았고 새 인간의 숨소리가 고르게 들렸다 최선을 다하자 방이 조금 더 넓어졌다

—「새 소식」 부분

새 인간이 어떻게 해서 알을 낳게 된 것인지는 알기 어렵다. 첫 시집의 「새 인간」[5]을 잠시 복기해보자. "무슨 일을 해야 새 인간과 더 오래 함께 있을 수 있을까"를 고민하는 '나'에게 "내가 그 새 인간이 마음에 들어버려서, 날아가버릴 것을 알고도 새 인간과 살기로 결정해버리"는 사태는 감당하기 힘든 비극이다. 새 인간을 데리고 올 때부터 "시체를

5) 김복희, 같은 책, 13~14쪽.

갖게 될까봐" "구덩이를 여러 개 파놓고 도망칠 구멍을 뚫"었던 '나'는 어쩌면 새 인간을 잃을지도 모른다는 불안을 애써 외면하고 지냈을 것이다. 그래서 "나는 새 인간과의 사이에 아무것도 만들지 않을 것"이라는 이 맹세는 새 인간과 더 오래 함께 있을 수 있는 방법인 동시에 비극에 대처할 수 있는 '나'의 각오 같은 것이기도 하다. 그러기 위해서 '우리' 사이에는 "오직 공기 같은 것 바람 같은 것 체온 같은 것 필수 조건이지만 눈에 보이지 않는 것"만 있어야 하는데, '알'이 생겼다. 이것은 처음의 조건이 깨져버렸다는 뜻이 아닌가? 그것은 분명 둘 사이에 공기, 바람과는 다른 성질의 어떤 것이 발생했다는 뜻이다. 아마도 그것이 물질성을 띠면서 나타난 형상이 알이 아닐까. 그렇게 탄생한 알은 사랑과 증오에 대한 연민이 포함된, 함께 느껴온 감정과 관계의 결정체라고 읽어도 될 것 같다. '알'을 깨버리려는 '나'의 행동은 이것을 처음으로 되돌리려는 바람일지도 모른다. "알껍데기가 사기 컵처럼 박살났고" "최선을 다하자 방이 조금 더 넓어졌다." 이 '필수적이지만 눈에 보이지 않는 것'만이 존재하는 사이, 이 관계는 어떤 것일까?

이번 시집은 '친구'라는 단어가 자주 눈에 띈다. 그중에서 「구름이 바라본 나와 내 친구들의 집」의 '친구'는 "가끔 엄마나 아빠라고 부"른다는 문장으로 보아 '가족'으로 짐작된다. 이 시의 '가족'에 대한 서술은 당혹스러우면서도 쉽게 반박하기 힘든 날 선 문장들로 채워져 있다. 시의 마지막 부분을 읽어보자. "운명이 있다면/ 운명을 누리는 사람처럼은 아니고/ 운명을 따르는 사람처럼/ 나는 내 친구들이 죽으면/ 내 마음대로 장례를 치르고/ 다른 친구를 남기지 않고 죽겠지/ 가족을 갖는 사람들은 가족이 아니라면 누구에게도 사랑받기 힘든 사람들이다/ 그래서 우리는 가족이 되었지/ 벌이라고 생각하면서도 기꺼이 받겠다 그랬어// 나는 여기서 끝내겠다고 말했지/ 내가 친구들을 울게 했어".

'친구들'을 울게 한 '나'의 폭탄선언은 "알을 들어 변기 가장자리에 내리치"(「새 소식」)는 것과 같은 맥락의 행위가 아닐까? "공기 같은 것 바람 같은 것 체온 같은 것 필수 조건이지만 눈에 보이지 않는 것"(「새 소식」)만이 존재하는 '사이'는 운명으로 엮인 '가족'이라는 형태의 관계에서는 아예 불가능한 것이 아닌가. '이물'이 들어설 자리가 없는 관계 맺기는 오로지 관계의 당사자들인 개별적 주체의 성격으로만 구성된다. 「천 원이기」라는 작품은 시인이 생각하는 주체의 개성을 엿볼 수 있다. "천 원을 가졌다는 기쁨 외에 아무것도 주지 않고 취하게도 하지 않는다 맨정신으로 천 원 다음의 생활을 꿈꾸게 하지 않는 멋짐이 있다 누군가에게 빼앗길 수 있고 비웃음을 살 수도 있다". "천 원으로 배를 채울 것도 영혼을 고양시킬 것도 아니다 지성을 갈고닦을 생각도 없다 다만 지금 천 원이라는 실감". 그 "천 원의 무게를 즐긴다."

'천 원'이면 여러 일을 할 수 있었던 시절도 있었다. 하지만 지금의 '천 원'은 본질 이외의 목적성 없이 그 자체로만 존재하는 것을 상징하기에 더없이 적절한 단위가 되어버렸다. 무용(無用)하지만 '백 원' '오백 원'보다는 초라하지 않은 단위. 그래서 애써 견딜 만한지도 모르는 자리. 제목은 '천 원이기', 즉 'Being 천 원'이다. 이처럼 오로지 본질에 충실하기를 꿈꾸는 시적 주체가 "한 단어로 만들어진 기분들/ 이를테면/ 카프카적인" "이런 걸 한 단어로 만들고 말 것"(「도나우강_증기선_회사_선장의_미망인」)이라는 비트겐슈타인적 야망을 가지는 것은 어쩌면 당연해 보이기도 한다. 이 외톨이처럼 보이는 완두콩 공주들은 우리에게 익숙한 '사이'의 선을 잘라내고, 새로운 궤적을 찾아 나서는 유토피언들이다.

숨은 낭독자의 위로

글을 쓴다는 것은 무엇을 의미하는가? 들뢰즈의 쓴다는 것은 "탈주하는 것이고, 탈주케 하는 것이고, 착란 상태가 되는 것이고 궤도를 떠나는 것이고 배신하는 것이고 되기이며 흐름과 결합하는 것이고 배치를 형성하는 것이고 탈영토화하는 것이다."[6] 쓰기는 우리에게 다가왔던 개념들이 무한

6) 로널드 보그, 『들뢰즈와 문학』, 김승숙 옮김, 동문선, 2006, 249쪽.

한 기호들로 흩어져 있는 네트워크 위의 탈주선을 추적하는 것이다. 그 탈주선을 타고 삶은 실험되고, 지배적인 기표들과 확립된 질서의 세계에 균열이 발생한다.

시쓰기를 통해 익숙한 삶에 질문을 던지고 새로운 세계의 가능성을 탐험하기 위해서 주체가 '-되기'를 감행하고, 기꺼이 착란의 상태를 떠안으며 지평선 너머의 소실점으로 수렴해 사라지는 것을 지켜보는 과정은, 우리가 왜 시를 읽는가에 대한 답을 던져준다.

많이 좋아하면 귀신이 돼

(……)

약봉지가 서랍 하나를 다 채울 정도로 많아지기에
자네, 이제 약 귀신이 되려나 인사했더니
좋아하는 것이 없어 약을 먹기 시작했네, 빙그레 웃었다
좋아는 하는데 귀신이 되지 않으려고 그러네,

(……)

퇴근하면서 가끔
술이며 초콜릿을 가져다주기도 하니
소원이 있거나 겁이 많은 친구일 것이다

읽고 쓰는 것을 좋아하면서
귀신이 안 되려고 노력하는 모양이 안됐다
기껏
인간을 너무 좋아하는 것이 가엾다

—「귀신 하기」 부분

이 시는 형식적으로는 '귀신'으로 여겨지는 주체와 "자네"라고 불리는 대상 사이에서 발생하는 대화가 중심이다. 여기서 '귀신'은 중의적으로 읽을 수 있다. 시의 서두에 "많이 좋아하면 귀신이 돼"라는 문장에 충실하다면 귀신이 된다는 것은 어떤 대상을 매우 좋아한다는 뜻이다. 복숭아를 매우 좋아하는 사람을 우리는 "복숭아 귀신"이라고 부르지 않는가. "약 귀신이 되려나"라는 문장을 첫번째 뜻으로 이해하자면, '귀신'은 천진스럽게 '자네'에게 '약을 많이 좋아하는가'를 묻고 있다. '자네'는 "좋아하는 것이 없어 약을 먹기 시작"했다고 대답하지만, 연이어 "좋아는 하는데 귀신이 되지 않으려고"라는 말을 덧붙인다. '자네'의 대답에서 '귀신이 된다'는 것은 죽음처럼 들린다. '자네'는 정말 좋아하는 것이 없는 사람일까? 앞의 대답보다는 뒤에 덧붙인 말이 진실처럼 들린다. 어떤 대상을 좋아하는 것은 '복숭아' '곶감'보다 훨씬 혼란스러운 과정을 파생시킨다. '좋아하다'라는 행위 안에서 '자네'는 수많은 상처와 좌절을 경험한 사람이 아닐까? "좋아는 하는데 귀신이 되지 않으려고" 약을 먹는다는 것은 '좋아하다'가 품고 있는 칼날들이 자신을 해치지 않도록 무딘 마음을 연습하는 것과 같은 의미라고 읽자. "읽고 쓰는 것을 좋아하면서/ 귀신이 안 되려고" 노력하는 '자네'의 모습을 서술하는 문장에서 '귀신'은 두 가지 의미를 다 품는다. '읽고 쓰는 것'은 '시쓰기'라고 바꿔볼 수도 있지 않을까? '자네'는 시 안에서 귀신이 안 되려고 노력하는 중이다. 너무 많이 좋아해서 시 속으로 자신을 갈아넣고 또 좌절하면서 어느 날 귀신으로 변한 모습을 발견하지 않기 위해 '자네'는 힘들게 노력중이다. 시를 다 읽고 나니 '귀신'과 '자네'는 동일한 화자일 수도 있겠다. "인간을 너무 좋아하는 것"은 '인간 귀신 하기'인가? '좋아하다'의 치명성에도 불구하고 이 시의 제목은 '귀신 하기'이다.

'완두콩 공주들'은 '관계 맺음'의 전통적 관점에서 이해된다면 지나치게 자기방어적이라는 비난을 받을 수도 있다. 하지만 우리는 '관계' '유대' '연대'와 같은 태도들이 때로는 서로에게 많은 것을 기대하고 요구하면서 깊은 생채기를 서로에게 남길 수 있는지를 오랫동안 보아왔다. 김복희의 시적 주체들은 타자와의 사이를 메우고 있는 매질을 진공에 가깝게 유지한다. 하지만 여전히 '사이'는 유지되고 '사이'의 저편에는 '타자'가 존재한다. 김복희의 시 안에서 '사랑'이라는 감정이 유효한 것은 '타자'의 존재를 감각하는 것을 잊지 않기 때문이다.

옆집 사람들이 새를 기르는 것 같다 이사온 날 못 보았으니까 나는 영원히 옆집 사는 새를 보지 못할 것이다 지수야 엄마 왔어 지수 맞니 나는 옆집 새가 이 밤에 잠잠히 삐—이 소리내는 걸 전해듣는다 (……) 지수야 하고 불릴 때 지수가 새장에 덮인 천 가운데서 새답게 얕게 자다가 문득 옆집에서 기르는 나를 나만큼 생각하면 좋겠다 (……)

나의 간절한 소원은 우연히 옆집 지수를 보는 것
그게 지수라는 것도 모르고 본 다음에
아주아주 나중에 지수였구나 지수 맞았구나 나는
지수구나 하는 것

—「지수」 부분

습관적인 이해 안에서라면 '나'와 '지수'의 '사이' 또는 관계는 형성되지 않는다. "이사온 날 못 보았으니까" "영원히 옆집 사는 새를 보지 못할 것이다". 앞으로도 뭔가 겹침을 통해 '나'와 '지수'가 서로 알게 될 가능성은 없어 보인다. 하지만 '나'는 "본 적도 없는 옆집의 새에게 소중함을 느끼고 새에게 허락된 중력을 생각하고 횃대를 흔들어볼 생각, 새장에 넣은 손가락 끝이 살짝 부리에 긁혀 나른하다는 생각"을 한다. 또 '지수'가 "옆집에서 기르는 나를 나만큼 생각"해주길 기대한다. 이런 관계에 대한 상상이 터무니없다는 생각을 할 수도 있지만, 거꾸로 생각해본다면 우리의 고

정관념보다 시인의 역발상은 훨씬 윤리적이다. 나와 구체적 관계를 맺지 않는 타자에 대해 우리는 사랑을 느낄 수 있을까? 만약 그런 경우가 있다면 개별적 관계일 가능성보다는 보편적 윤리가 개입할 때다. 나와 관계를 맺는 대상만을 사랑할 수 있다면, 어쩌면 그것은 사랑의 정의에 반하는 것이 아닌가.

「sober companion—숨은 낭독자」의 시적 주체 역시 타자에 대해 유사한 태도를 보인다. "누군가 내 시집을 들고 사람들에게 말을 건다고 했다/ 자신의 이름이 나이며, 자신의 시집이 나왔고/ 자신은 매우 기쁘고 행복하다고 말한다고." 시 안에서 '누군가'는 '나'를 사칭하는 타자다. 우리는 자신을 사칭하는 가짜를 사랑할 수 있는가. 시의 '나'는 이 '누군가'를 어떻게 받아들일까? '나'는 "만나본 적 없지만 그 사람이 좋아졌다". 그리고 "그 사람이 손수 들고 다닌다는 내 시집이 궁금하다"고 한다. '나'와 '누군가'의 사이는 '진짜'와 '가짜'가 아니라 '시인'과 '숨은 낭독자'의 사이로 규정된다. '나'에게 '누군가'는 "내가 가지 않을 곳만 골라 가서 나를 보여주는 놀라운 사람"이며 마치 막 시집을 낸 '나'의 곁을 지키는 'sober companion(약물이나 알코올중독자를 돕는 '중독치료도우미')' 같다.

'새 인간' '기계 인간' '인조 노동자' '귀신'과 같은 분열적 형태로 나타나는 김복희의 시적 주체들과 대상들은 그것들의 발명 자체로도 의미 있는 시도라고 할 수 있다. 하지만 분열증적 주체는 '-되기'를 통해 욕망의 탈영토화를 실현하기 위해 탈주한다. 변화한 주체들은 분열을 넘어서서 타성에 젖은 습관적인 관계 맺음을 거부한다. 결벽증처럼 읽히기도 하는 그들의 속성은 가장 순수한 '사이'를 꿈꾸는 궤도에 오르기 위한 필요조건일 수 있다. 우리는 오염된 관계의 속성을 알면서도 오랜 시간 그 흠결을 이데올로기로 포장해왔는지도 모른다. 김복희는 그 장막을 걷고 탈주선을 찾기 위해 새로운 '-되기'를 계속해서 실험중이다.

김복희 2015년 한국일보 신춘문예로 등단했다. 시집으로 『내가 사랑하는 나의 새 인간』이 있다.

문학동네시인선 144
희망은 사랑을 한다

1판 1쇄 2020년 7월 20일
1판 8쇄 2024년 11월 1일

지은이 | 김복희
책임편집 | 강윤정
편집 | 김민정 김영수 이재현
디자인 | 수류산방(樹流山房) 본문 디자인 | 유현아
저작권 | 박지영 형소진 최은진 오서영
마케팅 | 정민호 서지화 한민아 이민경 왕지경 정경주 김수인 김혜원 김하연 김예진
브랜딩 | 함유지 함근아 박민재 김희숙 이송이 박다솔 조다현 정승민 배진성
제작 | 강신은 김동욱 이순호
제작처 | 영신사

펴낸곳 | (주)문학동네
펴낸이 | 김소영
출판등록 | 1993년 10월 22일 제2003-000045호
주소 | 10881 경기도 파주시 회동길 210
전자우편 | editor@munhak.com
대표전화 | 031) 955-8888 팩스 | 031) 955-8855
문의전화 | 031) 955-2696(마케팅), 031) 955-2678(편집)
문학동네카페 | http://cafe.naver.com/mhdn
인스타그램 | @munhakdongne 트위터 | @munhakdongne
북클럽문학동네 | http://bookclubmunhak.com

ISBN 978-89-546-7356-3 03810

* 이 책은 2018년 대산문화재단 대산창작기금의 수혜를 받았습니다.

잘못된 책은 구입하신 서점에서 교환해드립니다.
기타 교환 문의: 031) 955-2661, 3580

www.munhak.com

문학동네